目次

第一章　織田の願い

【1】　二〇二〇年九月二日（水）

山下公園通《やましたこうえんどお》りは空《す》いていた。

上杉輝久《うえすぎてるひさ》はステアリングをしっかり握ってアクセルを踏み込んだ。

ブルーに染まるマリンタワーを越え、ランクルのスピードは順調に上がっていった。

「このまま真っ直《す》ぐだ」

助手席に座る織田《おだ》信和《のぶかず》が、タブレットをダッシュボードのホルダーにセットした。

追跡しているＧＰＳの緑の点は、二キロほど先を本牧《ほんもく》方向に進んでいる。

「上杉さんと織田さんがなんでここにいるのか、どうしても知りたいんです」

後部座席で真田《さなだ》夏希《なつき》が詰め寄る声が聞こえた。

「長い話になるんで……」

助手席に座る織田が言いよどんだ。

「そうだ、簡単に話せることじゃあない」

数台のクルマを追い抜きながら、上杉は背中で答えた。

「俺も知りたいです。さっきの物騒な連中は、いったい何者なんですか？」

小《お》川《がわ》祐介《ゆうすけ》も焦《じ》れたような声を上げた。

「仕方ないですね」

織田はため息まじりに答えた。

やはり真田や小川にも話しておかねばなるまい。

上杉はゆっくりと口を開いた。

「あれは二週間前の話だったな」

「そう。オレンジ☆スカッシュの事件が片づいた翌々週です」

「こいつが珍しく根岸《ねぎし》分室に顔を出したんだ。そこから今回の件は始まった。ゆっくり説明している暇はないんで、かいつまんで話すぞ」

この二週間はまるで十年にも感じられた。

上杉の記憶は二週間前の朝に戻っていった。

【2】　@二〇二〇年八月十九日（水）

刑事部根岸分室に真夏の太陽が降り注いでいる。

エアコンがうなる十二畳のがらんとした部屋にはタバコの煙が満ちていた。

スチール机を四つ並べた島のかたわらには、ビニールレザーの安っぽいソファが置いてある。

上杉は、ソファに寝っ転がってコミックを読んでいた。

「なかなか入り込める警察マンガってないもんだな」

ぼやいていると、インタフォンの呼び出し音が鳴った。

上杉はドアを開けた。

「元気か？」

顔を出したのは、警察庁理事官の織田だった。

「退屈で仕方ない」

上杉は大きく顔をしかめて答えた。

小さな紙包みの結び紐《ひも》の輪を人差し指に掛けて、織田はぶらぶらと揺らした。

「ほら、土産だよ。小鯛《こだい》のささ漬けだ。ここにも冷蔵庫はあるんだろ？」

「俺が生ぬるいビールを飲んでると思うのか」

「そんなはずはないね」

織田は歯を見せて笑った。

「気を遣ってもらって悪いな、どこの名産なんだ？」

「福井県の小浜《おばま》だよ」

「へぇ、海のある奈良か」

上杉は行ったことはないが、若狭《わかさ》湾に面した小浜は神社仏閣が多く、そんな洒落《しゃれ》た別称を持っていると聞いたことがある。

「ああ、静かでいい街だったよ」

「警察庁の理事官ともなると忙しいんだな」

「ちょっとした会議があっただけだ」

自分などには言えないような秘密の会議なのだろう。

「忙しいおまえが、俺んとこに顔を出すなんてどういう風の吹き回しだ」

「電話で話しただろ。相談があるんだ」

「まぁ、そこに座ってくれ」

上杉の言葉に、織田はソファに座った。

「それにしても汚い部屋だな」

織田はあきれ声を出した。

「大きなお世話だ」

「少しは片づけろよ」

「じゃあ、かわいい新採用の女警でも部下につけてくれ」

「そんなことを言ってるとセクハラ、パワハラだって言われるぞ」

織田は冗談で言っているわけではなさそうだった。

まじめな男はこれだから話しにくい。

「部下を配置するって言われてから何年になるんだ。いつまで経っても誰一人配置されないじゃないか」

部下など誰も配置されるはずがないことは百も承知だが、上杉はわざとのように嘆いてみせた。

根岸分室は自分の流刑地なのだ。

「わたしに言うなよ。わたしは警察庁の人間なんだぞ。根岸分室の人事は神奈川県警《そっち》の刑事部長に言ってくれ」

上杉の予想通りに織田は生まじめに答えた。

こういうところが実に織田らしくて、上杉は可笑《おか》しかった。

ささ漬けを受け取ると、上杉は冷蔵庫にしまった。

ついでにビールを二缶取り出して、ソファのテーブルに置くと、織田の対面に座った。

「まぁ、一杯やれ」

「勤務時間中だ」

織田は顔をしかめた。

「俺だってそうだぞ」

「昼酒は好きじゃないんでね」

「シラフで聞けるような話じゃないんだろ」

織田のようなエリート官僚が、わざわざゴミ溜《た》めのような根岸分室までやって来たのだ。どうせやっかいな話に決まっている。

「待てよ」

「今日の俺の仕事は、おまえの話を聞くことだけだ」

上杉はプルタブを引くと、缶に口をつけた。

「場合によっては、上杉にクルマを出してもらうかもしれない……」

缶を傾ける直前で上杉の手は止まった。

口から缶を離して、上杉はテーブルに置いた。

「それを早く言えよ。いくら俺でも飲酒運転はしないぞ」

「だから、待てと言ったんだ」

「気が抜けちまうじゃないか」

近くに転がっていた養生テープを拾うと、上杉は缶の口に貼った。

「仕方のないヤツだ」

織田は小さくため息をついた。

「オレンジ☆スカッシュの事件では大活躍だったな」

織田はお世辞でもなさそうに言った。

「あれは島津《しまづ》の手柄だ」

謙遜《けんそん》しているわけではなく、上杉の本音だった。

「真田さんにＳＩＳの真似ごとをさせたそうじゃないか」

織田は眉間《みけん》に縦じわを寄せた。

「見学させただけだ。真田にはいい学習材料だったからな」

上杉は柳に風と受け流した。

「いいか、彼女を二度と危ない目に遭わせるな」

つよい調子で言って織田は上杉をにらんだ。

「わかったわかった」

閉口して上杉は、話題を本題に振った。

「で、話ってのはなんだ？」

「ちょっと面倒な話なんだ」

織田は言いよどんだ。

「もったいぶらないで早く話せよ」

「おまえが北条直人《ほうじょうなおと》と最後に会ったのはいつだ？」

覗《のぞ》き込むような視線で織田は上杉を見た。

北条は警察庁入庁の同期で若い頃はよく遊んだが、最近はあまり会うことがなかった。

「北条がどうかしたのか」

「質問に答えてくれ」

織田の声にははっきりとしたいらだちが感じられた。

「いつだったかな……最後に電話があったのは、ゴールデンウィーク前だった」

「どんな内容だったんだ？」

「真田と会いたいからメアドを教えてくれって言ってきた」

「なんだって」

「あいつ真田とデートしたかったんだよ。真田にも北条なら心配ないって電話を入れといた」

「余計なことを……それで二人は会ったのか？」

「さぁな」

本当に知らなかった。

「紹介しといて無責任じゃないか」

織田の声は尖《とが》った。

「おい、そんな話をするために、ここへ来たわけじゃないんだろ」

今度は上杉があきれ声を出す番だった。

「もちろんだ」

「さっさと話せよ」

思い切ったように織田は言った。

「北条の行方がわからない」

織田の表情は悲しみに満ちていた。

「だけど、北条はそんな仕事をしてるんだろ」

北条は一昨年《おととし》まで外務省に出向し、パリの日本大使館で一等書記官の職にあった。

この春、警視庁公安部外事四課に異動となった。

部署が部署だけに、どんな特別捜査をしているのかわかったものではない。潜入捜査をしているのかもしれない。要するに日本政府のスパイ活動に従事しているふしがある。

「そう、高度なインテリジェンスの任務に就いていた可能性がある。しかし、ヤツの行方不明は非常事態なんだ」

「どういう意味だ？」

「他言無用だぞ」

織田は声をひそめた。

「あたりまえだ」

「北条が就いていたのは『日本国の治安維持のために非常に重要で、かつ危険な任務』だそうだ」

「なんだそれは？」

いかにも役人言葉で意味がわからない。

「警視庁の外事四課長は、それ以上詳しいことは話せないと言っていた。とにかく、警察庁《うち》としては、なんとか北条の現在の状況を把握したいんだ。これは警察庁警備局長のお考えだ」

「本当かよ」

上杉の驚きの声に、織田は静かにあごを引いた。

警察庁警備局長は、全国の警備警察、公安警察、外事警察のトップに位置する。警察庁と都道府県警あわせて百数十名の警視監のなかでも、かなり上位のスーパーエリート警察官僚だった。将来は警察庁長官や警視総監に就く可能性のある人物だ。

「北条の状況はどこまでわかっているんだ」

「彼は五月五日にフランスに向けて出国した」

「フランス国内で消えたのか？」

織田は静かにうなずいた。

「その後、五月十七日にマルセイユから最後の連絡を警視庁公安部に入れて以来、消息を絶った」

「三ヶ月以上行方不明か」

「そうだ。警視庁への連絡だけではない。知っての通り、あいつはわたしたちと同じく独り者だが、盛岡《もりおか》に住む彼の妹や都内の友人たちにも一切の連絡がないんだ」

「まぁ任務遂行中なら友人や家族に連絡がないのは珍しくもないが、決められた連絡を三ヶ月以上も上司に入れないのはふつうじゃないな」

「ふつうじゃないどころではない。緊急事態だと考えていい」

「何者かに拉致《らち》されたのか、あるいは……」

続く言葉を上杉は呑《の》み込んだ。

織田は暗い顔で答えた。

「生きていてほしい」

「ああ、生きていてくれなきゃ困る」

上杉の心にも不安が渦巻いた。

「警察庁としては北条の生死に拘《かか》わらず、彼がつかんでいた情報を入手したいんだ」

「生死に拘わらずだって？」

上杉の声は裏返った。

「そうだ。警備局長からの命令は生死を問わず、だ」

「彼を救えっていう命令じゃないんだな」

織田は沈んだ顔で首を横に振った。

「で、俺にどうしろと？」

答えはわかっていたが、上杉はあえて訊《き》いた。

「一緒に北条を捜してほしい」

真剣そのものの目つきで織田は頼んだ。

「すごく危険な話だぞ」

「知っている」

「俺たちの生命《いのち》だってどうなるかわからんぞ」

「わかってる」

織田の目はまるで怒っているかのようだった。

「おまえ本気だな」

「あいつはわたしにとっては生命の恩人だ」

「栗駒《くりこま》の秘湯での話か」

若き日の想い出が、上杉の脳裏に鮮やかに蘇《よみがえ》った。

酔っ払って部屋で寝ていたら露天風呂《ぶろ》で騒ぎがあった。急いで駆けつけると、織田が真っ青な顔で毛布にくるまれて震えていた。

「そうだ。あの夏の日、北条が生命がけで助けてくれなければ、わたしはいまここにいなかった」

「あの頃はおまえもまだまだガキだったからな」

「大酒飲んで寝ていたおまえに言われたくない」

織田は口を尖らせた。

「まぁな」

上杉は頭を掻《か》いた。

「手伝ってくれるか」

織田の目は真剣そのものだった。

「北条は俺にとっても仲間だ。捜すよ」

「その言葉を待っていた」

「だけど、金はどうするんだ。渡航費用、宿泊費、情報を得るのにも金が要《い》る。そんな金は持ってないぞ」

「心配するな。官房機密費から支出できる」

「ったく……。キャリアはどこからか金が引っ張れるんだな」

「おまえだってキャリアじゃないか」

「俺は刑事だ」

「ま、いい。とにかく握手しよう」

織田は右手を差し出した。

「俺のガラじゃないな」

照れ隠しの言葉を口から出して、上杉は織田の手を握り返した。

「だが、捜すって言っても雲をつかむような話だな」

上杉は腕組みをしてうなった。

「残念ながら……」

織田は肩を落とした。

「とりあえずは、北条の部屋を家宅捜索だな」

「無駄だよ。北条はインテリジェンスだ。自宅に追跡可能な情報を残しているはずはない。当然PCやタブレットなんかのデジタルデータが残っているわけはない。手帳も残っているとも思えない」

「そりゃあ、ノートを開いたらフランス旅行計画が書いてあるってな安易なわけはないだろ。だけど、なにかヒントになることが残されているかもしれないじゃないか」

「そうだな……」

織田はうなずいて言葉を継いだ。

「令状を取りたいな」

「部屋の鍵《かぎ》さえ手に入りゃ令状なんて要《い》らないだろ」

「令状によらない捜索・差押の要件を満たさないから、違法な家宅捜索になるじゃないか」

織田は大きく顔をしかめた。

織田が言っている令状主義の例外は、刑事訴訟法第二二〇条一項に定める「逮捕のための被疑者の捜索」と、「逮捕に伴う証拠物の捜索・差押」である。だが、この場合はどちらにも該当しないことは明らかだ。

「おまえは堅いな……わかった、これから俺が地裁に行くよ」

警察庁職員の織田は、捜査員ではないので令状を請求できない。

捜索・差押令状は、検察官、検察事務官、捜査主任官または事件内容に精通した捜査員が、勤務する警察署の所在地を管轄する地方裁判所か簡易裁判所の裁判官に提出することになっている。

「頼むよ。罪名はどうする？」

「銃刀法違反でどうだ」

　令状が取りやすい罪名を上杉は口にした。申請の際に記載する差押の対象物も拳銃《けんじゅう》と銃弾くらいで済む。

「それでいこう」

　織田は即座に賛同した。

　罪名自体がデッチあげなのだから、違法な家宅捜索であることには変わりない。

　形式にこだわるところが織田らしい。

「待ってくれ」

　だが、織田は急にためらいの表情に変わって言葉を継いだ。

「やっぱり令状はやめよう」

「なぜだ」

「北条の経歴に傷がつく」

「緊急事態なんだろ？　だけど、まぁ、鍵を借りる手段《て》はほかにもあるからな」

「考えてみよう」

「あいつの家はどこだったかな」

「武蔵小《むさしこ》杉《すぎ》駅前の高級賃貸マンションだ」

「近いな。クルマを出す。さ、出かけよう」

上杉はさっさと立ち上がった。

【3】@二〇二〇年八月十九日（水）

上杉と織田は、午後四時には北条のマンションに着いた。

北条の部屋は、武蔵小杉駅のすぐ近くにそびえるタワーマンションの二七階の部屋だった。

一階の管理人室に立ち寄って織田が警察手帳を見せて身分を明かした。

織田が「北条の大学時代の同級生だが、彼に頼まれて妹に送る荷物をいくつか取りに来た」と告げると、六十代半ばくらいの管理人は迷うこともなく鍵を貸してくれた。

三人は東大法学部の同級生だから、その点は嘘ではなかった。

真西に向いていてカーテンを開けると、輝く太陽がまぶしい。

川崎《かわさき》の北部から町田《まちだ》方向に続く数限りない家々が見下ろせる。

遠くには入道雲を背負った丹沢《たんざわ》の山々も見えた。

いまは雲に隠れているが、空気が澄んでいれば富士山《ふじさん》もよく望めるだろう。

十五畳くらいのリビングと六畳くらいの洋間がふたつある２ＬＤＫだった。

賃貸という話だったが、クロス張りの壁もフローリングの床もしっかりしていて高級な部屋だった。個人が購入した部屋をなんらかの事情で貸し出した分譲賃貸のようだ。

家賃はいくらくらいなのかわからないが、購入すれば六、七千万円はする部屋だろう。

最初に二人で各部屋をざっと見てまわった。

どの部屋も家具は驚くほど少なかった。

部屋ごとに一枚の油彩画が飾られているのが印象的だった。

「北条は、この部屋をいつでも引き払えるようにしていたんだな」

織田もカーテンを開けながらうなずいた。

「異動の多いポスト続きだったからな」

「どの部屋もきちんと片づいている。根岸分室とは大違いだな」

織田は憎まれ口を叩《たた》いて笑った。

「俺だって自分の部屋は……」

「片づいているのか？」

「そんなはずはないな」

上杉は苦笑いを浮かべた。

二人は手分けをして、洋間から捜索を始めた。

上杉は白手袋をはめてベッドが置かれた西向きの眺めのいい部屋を丁寧に探し始めた。

この部屋には幅一メートルくらいの木製の机があって、書斎として使っていたようだ。

引き出しの中には各種のペンやゼムクリップ、新品の便せんなどの文房具くらいしか入っていなかった。

予想通り、PCやタブレットなどのデジタル機器は見つからなかったし、メモ帳のようなアナログデータも発見できなかった。

預金通帳と印鑑も見つかった。相当な残高があった。

クローゼット内や洋だんすにも着替えのほかは何もなかった。

この部屋には楽器を手にした女性を描いた六号くらいの古典的な油彩画が架かっていた。

しばらくして二人はリビングに戻ってきた。

いちばん広いにもかかわらずリビングの捜索はすぐに終わった。

リビングには、ダイニングテーブルセット、ソファセット、ひとつのキャビネット以外になにもなかった。

キャビネットの引き出しにもランチョンマットやコースターくらいしか見当たらなかった。

台所にも食器や調理器具以外、これといったものは見つからなかった。サニタリーにも生活用品が置いてあるだけだった。

上杉と織田はリビングのソファに向かい合って座って、途中で買ってきた緑茶のボトルを開けた。

「何もないね」

織田は眉根《まゆね》を寄せた。

「ああ……北条の行方を示すようなものは、塵《ちり》っ葉《ぱ》一枚、見つからないな」

「残念だが、ほかのアプローチを考えるしかないようだ」

「ほかのアプローチって？」

「いまは思いつかないよ」

織田は肩で息をついた。

上杉はリビングの壁を飾る金髪の女性を中心に描いた横長の大型油彩画を見上げた。

大昔、どこかで見たことのある絵柄だった。

「北条は絵が好きなんだな」

上杉の言葉に織田はうなずいた。

「そうだな。どの部屋にも絵が飾ってあるね」

「どれも名画のレプリカだろ？」

「いや、レプリカといえるレベルの絵ではないよ」

冗談だと思ったが、織田の顔はまじめだった。

「本物のはずはないだろ。これが本物なら北条は億万長者だ」

「むろん、本物であるはずはないさ。たとえばこの油彩画は、エドゥアール・マネの『フォリー・ベルジェールのバー』というきわめて有名な作品だ」

「マネだったのか」

「そうだ。パリのミュージック・ホールのバーを描いた油彩画で、同じモチーフはロートレックも描いている。本物はロンドンのコートールド美術館が所蔵している」

「織田、おまえ絵に詳しいんだな?」

上杉は驚いて訊《き》いた。

「ロンドンにあることはさっきググったんだ」

「俺はマネの絵だってこともわからなかったぞ」

「もともと絵画や美術品は好きなんだが、以前、研究したことがあるんだ。書斎のフェルメールも、もうひとつの部屋のジョルジュ・スーラも本物は美術館にあるはずだ……」

「じゃあレプリカってことだろ……手描きみたいだけど」

「レプリカと呼ぶには、あまりにもレベルが高い気がする」

「つまりどう言うことだ」

「複製画ではなく、三枚とも贋作《がんさく》と言いうる最高のレベルだ」

「贋作ってことは……」

「そう真作と偽って売っていた可能性のある絵だ」

しばらく黙っていた織田の顔がとつぜん輝いた。

「待てよ……もしかすると」

半分独り言だった。

「なにか思いついたのか」

上杉の問いには答えずに織田は立ち上がった。

「もう一度、書斎の絵を見てみよう」

織田は浮き足立っているように見えた。

二人は書斎のギターを持った古典的な女性像の前に立った。

織田は女性像をしげしげと見入った。

その目が大きく見開かれた。

続けてスマホを取り出して何枚かの絵をチェックし始めた。

「そうか……そう言うことだったのか」

なぜか織田の声はかすれていた。

「この絵は誰の絵だ。なんだか見たことがあるが……」

「ヨハネス・フェルメールだ」

織田はうなり声で答えた。

そうだった。去年、日本でも展覧会をやっていた。

上杉も宣伝でこの筆致を見ていたのだ。

「もちろん、本物じゃないよな」

「ああ、フェルメールには『ギターを弾く女』という、この絵と同じようにバロックギターを弾いている女性像の有名作品がある」

織田はスマホをタップして一枚の絵を見せた。

「うーん、似ているけれど違う構図だな」

「『ギターを弾く女』はロンドンのケンウッド・ハウスという美術館にある。ほかに『リュートを調弦する女』という作品もあるが、まったく違う横長の絵だ。この絵は実在しないフェルメール作品なんだよ」

織田の声は上ずっていた。

「実在しないフェルメール作品だって！」

上杉は驚きの声を上げた。

「フェルメールは十七世紀バロック期を代表するオランダの大家だが、現存作品はたったの三十五作品に過ぎない幻の画家だ」

「そんなに少ないのか」

「ああ、だからだいたいの絵柄が頭に入っていても不思議じゃないだろ」

織田はてらいもなく話すが、美術に詳しくない上杉としては舌を巻かざるを得なかった。

「つまり、この絵はフェルメール作品の真似ではなく、一からのニセモノなのか」

「そうだ。フェルメールの未発見作品を標榜《ひょうぼう》して描かれた贋作だ」

「つまりフェルメールが描きそうな絵というわけだな」

織田はあごを引いて続けた。

「ちょっとややこしい話になるが、聞いてくれ」

「さっさと話せよ」

「このフェルメール作品は、ハブリエル・ゼンデンの絵ではないかと思うんだ」

「ゼンデンってのは、いったい何者なんだ？」

「『メーヘレンの息子』と呼ばれるオランダ人の贋作画家だ」

「メーヘレンって誰なんだ？」

　次々に知らない人名が出てくる。

「ハン・ファン・メーヘレン。一八八九年生まれのオランダ人の画家だ。二十世紀最高の贋作画家とも呼ばれている」

「そんな絵描きがいたのか」

「オランダの至宝と呼ばれていたフェルメールの『エマオのキリスト』、別名『エマオの食事』という宗教画は、実は一九三七年にメーヘレンが描いたものだ。だが、本人の告白を聞いても一流の鑑定家をはじめ、最初は誰もがフェルメールの真作と信じて疑わなかった」

「だけど、専門家が二十世紀に描かれた贋作を十七世紀の絵と鑑定するなんてミスがありうるのか？」

「メーヘレンは十七世紀の絵画作品を入手し、その絵から絵の具をはがして、新たに自分の絵を描くという手法を使った。絵の具自体も十七世紀と同じ方法で自分で作った。さらに、鑑定をくぐり抜けるためにフェノール樹脂というプラスチック系の樹脂を塗布して窯で焼くという技法を開発した」

「なんのために？」

「三百年前の絵の具は石のようにカチカチに固まっている。当時の鑑定はアルコールで絵の表面を拭《ぬぐ》う方法だったので、新しい絵は絵の具が溶け出してしまう。ところが、フェノール樹脂を焼くと、この検査を容易にすり抜けられるんだ。ほかにもたくさんの細かい技法で三百年の時間的経過を偽装した」

「大変な手間を掛けたんだな。で、どうして贋作ってことがバレたんだ？」

「ナチスドイツのゲーリングがメーヘレンの贋作を、真作として次々に高額で買い上げたことから、第二次大戦後、メーヘレンはナチス協力者と激しい攻撃を受けた。このために本人が贋作であったことを告白し、Ｘ線鑑定などにより真相が明らかになった。すると、彼はナチスを欺きフェルメールの流出を防いだことで、世評は逆転し彼は英雄的な扱いを受けた。メーヘレンは戦後すぐの一九四七年に病没したが、彼のエピソードは『ナチスの愛したフェルメール』というタイトルで映画化されている」

「一度、観てみたいな」

「二〇一六年のオランダ・ベルギー・ルクセンブルク合作の映画だ。ＤＶＤも出てるよ」

「よし、今度、買ってみよう」

「もし、メーヘレンの告白がなければ、彼の描いたフェルメールはいまでも真作として美術館に飾られているだろう。すべての事情がわかった現在、メーヘレンのフェルメールを真作と鑑定する専門家はいない。だが、完成度の高すぎるメーヘレンの絵は、作品にきちんとした値段がつくんだ」

「贋作に値段がつくのか！」

　織田はかるくあごを引いた。

「『エマオのキリスト』は、ロッテルダムのボイマンス・ヴァン・ベーニンゲンという一流美術館が買い上げた。だから、ハブリエル・ゼンデンという現代の贋作画家は、メーヘレンの贋作を描いているのだ」

「フェルメールの贋作であるメーヘレンの贋作……つまり贋作の贋作というわけか」

　上杉はうならざるを得なかった。

「そうだ。メーヘレンの作品と称すれば、場合によっては数万ドルから十数万ドルの価格で取引されるだろう」

「それにしても、贋作絵画って言うのは世の中にそんなに多いのか」

「ああ、有名画家の贋作は、麻薬や武器の取引に次いで利益が大きいんだ」

「本当か！」

　上杉には新知識だった。

「ちょっと待ってくれ……」

　織田は書斎机の椅子に腰掛けてスマホをタップし始めた。

「なにをしてるんだ」

「警察庁の贋作関係のデータベースにアクセスしてみる」

「そんなものがあるのか」

そういった関係の部署にいたことがない上杉にとっては別世界の話だった。

「警備局の理事官級以上の職員でないと、ログインできない」

「へぇ……」

しばらくして織田はスマホから顔を上げた。

「メーヘレンを扱っていたフランス人詐欺師がパリにいる」

織田の声は弾んでいた。

「なんて男だ」

「ブリュノ・レジェという大物だ。この男は表向きは美術評論家で画商だが、裏の顔は贋作を扱う詐欺師だ」

「シャバにいるのか」

「若い頃、贋作詐欺で一度投獄されているが、その後もたくさんの贋作売買の仲介をしてきたはずなんだ。でも、フランス当局も長年尻尾《しっぽ》をつかめずにいる」

「したたかな男なんだな」

「上杉は、二十世紀前半に活躍したフランスのフェルナン・レジェというキュビスムの大家を知っているか」

織田はふたたびスマホの画面を見せた。

単純な線の女性像が映し出されていた。

「ああ、この絵は見たことがあるぞ」

いろいろな媒体で何度か目にした絵だった。

「これはフェルナン・レジェの『花瓶を持つ女』だ。ブリュノ・レジェはフェルナン・レジェの落《お》とし胤《だね》だと名乗っているそうだ」

「本当なのか？」

「フェルナン・レジェは、一九五二年に七十一歳で、ロシア出身の画家であるナディアと再婚している」

「年取ってまでお盛んだったんだな」

「しかし、その三年後に七十四歳で急死しているんだ」

「そんな年で励むからだ」

上杉はのどの奥で笑った。

「ブリュノは、ナディアとつきあう前にフェルナンが愛した女性の子どもだと自称しているようだ。が、これは怪しいらしい」

「ふざけた野郎だな」

「北条はブリュノ・レジェと親交があったのではないだろうか」

「この絵がゼンデンって贋作《がんさく》画家の絵だとしたら、その可能性はあるだろうな」

織田は真っ直ぐに上杉の目を見つめた。

「ブリュノ・レジェに会いに行こう」

「パリまで行くのか」

上杉は驚きの声を上げた。

「そうだ。直接会ってみれば、北条についての情報が得られるかもしれない。ブリュノ・レジェの連絡先は美術関係者から入手できる」

「しかし、まったくの無駄足になるかもしれないじゃないか」

「じゃあ、上杉はほかに手段があると言うのか？」

むろん上杉にも、なにひとつ答えはなかった。

「ワラにもすがるってとこか」

「そういうことだ。おまえの旅行命令をすぐに出してもらえるように、警備局長から黒《くろ》田《だ》刑事部長に電話を入れてもらっとく」

「警察庁《サッチョウ》の力ってのは実にスゴいもんだな」

上杉の皮肉を織田は無視して続けた。

「ブリュノ・レジェと連絡が取れたら、すぐに出国する。支度をしといてくれ」

「わかった」

織田は椅子から立ち上がった。

「根岸分室をあんまり汚くしてると、いつかは監査が入るぞ。たまには掃除しろよ」

「小姑《こじゆうと》みたいなこと言うなよ」

嫌味を残して織田は去った。

思わぬ成り行きになった。

だが、退屈な毎日から抜け出せる。

上杉の心は弾んでいた。

窓の外では丹沢の上に掛かっていた入道雲が紅《あか》く染まり始めていた。

第二章　ワールドワイドな聞き込み

【1】@二〇二〇年八月二十一日（金）

翌々日、昼前の直行便で羽田《はねだ》を発《た》った。時差の関係で、現地時間の午後四時過ぎにパリのシャルル・ド・ゴール空港に着き、ＴＧＶでパリの中心部へ出た。

かるく夕食をとってブリュノ・レジェの指定した《セレスト》というカフェに着いたのは、午後八時の十分ほど前だった。

この時期のパリは日没が午後九時頃である。いまは西陽がサン・ジェルマン・デ・プレ地区を赤く染めていた。

有名な《レ・ドゥ・マゴ》や《カフェ・ド・フロール》よりはずっとみすぼらしいが、古い石造りの四階建てのビルにはそれなりの雰囲気があった。

一階は多くのカフェと同様にテラス席となっていて赤い日除《ひよ》けが通りに面したテーブ

ルを覆っている。

白いルーバーが美しいアーチ窓が続く上の階はアパルトマンとなっているようだ。

店内はわりあいと空《す》いていて、上杉と織田はレジェと約束した窓側の奥の席に座った。

「やぁ、わしに酒をおごってくれるってのはあんたたちかい？」

席に着くやいなや陽気な声が響いた。

近づいて来たのは、八十代もなかばと思《おぼ》しき老人だった。

真っ白な巻き髪に顔中を覆うもじゃもじゃの白ひげ。

赤い服を着せて帽子をかぶせたらまるでサンタクロースだ。

白いシャツに茶色い麻ジャケットを羽織っている。

上杉が想像していたのより、ずっと高齢の男性だった。

織田が一礼して席を勧めた。

「メルシー」

老人は片手を振って礼を言って座った。

引き続いて織田はフランス語で何やら話しかけた。

「失礼だが、君のフランス語はよくわからん。英語で話してくれ」

上杉も理解できるきれいな英語で老人は答えた。

織田は頬をわずかに赤らめて英語で言葉を続けた。

「失礼しました。お目に掛かれて光栄です」

おかげで上杉も二人の会話を理解できる。

「ブリュノ・レジェだ」

レジェは右手を差し出した。

上杉も握手したが、ぶ厚いあたたかい掌《てのひら》だった。

「わたしたちのことが、よくおわかりになりましたね。目印の扇子もまだ出していないのに」

自分たちの目印として、日本の扇子をテーブルに置くことにしていた。

「サン・ジェルマン・デ・プレにも日本人観光客は少なくないが、この店にはまず来ないからな。ひと目でわかるさ」

見まわしてみると、たしかに日本人らしき人影は見られなかった。

「なにを召し上がりますか」

織田の問いかけにレジェは、右手でコップを作って酒を飲む仕草をした。

「カルヴァドスをくれ」

リンゴを原料とするノルマンディー地方名産の蒸留酒である。

高級ワインでもオーダーされると思っていただけに、上杉は拍子抜けした。

レジェは一合くらいのグラスに入った琥《こ》珀色《はくいろ》の液体を一気に飲み干して口を拭《ぬぐ》った。

織田は素早く二杯目を頼んだ。

レジェは喉《のど》を鳴らしてあっという間にグラスを半分くらい空けた。

リリカルなゆったりとした歌声が聞こえてきた。

四十歳くらいの女性歌手が若いピアニストの伴奏で歌っている。

胸の大きく開いた紫のドレスは、白く細い顔に似合っていた。

ちょっとハスキーだが、アルトの豊かな声量で表情豊かに歌っている。

「よい音楽とよい酒があれば、この世は天国だと思わんかね」

レジェは目を細めた。

「いいお言葉ですね」

上杉も英語で答えを返してみた。

「わしはあの娘《こ》の歌が好きでね。しょっちゅう聴きに来るんだよ」

レジェはほっと息を吐くと相好を崩した。

「有名な『パリの空の下』ですね」

さすがに上杉も知っている曲だった。

シャンソンのなかでももっとも知られた曲の一つだろう。

「あの曲はリーヌ・ルノーが映画のなかで歌ったんだ。だが、わしはジュリエット・グレコの歌がいちばん好きだった。もっと古いところだと、ジャクリーヌ・フランソワにエディット・ピアフ……わしが若い頃の歌さ」

「黄金時代の歌い手ですね」

上杉の言葉にレジェはにこやかにうなずいた。

「もう七十年も前の話だ。あの娘の歌を聴いてカルヴァドスを飲んでいると、気分まで十代の小僧に戻ってゆくんだ。だけど、ジュリエット・グレコも去年死んじまった。歌手だけじゃない。まわりのみんなが次々にいなくなってゆく」

「さびしいですね」

「こんな古くさい歌を聞かせる店ももうほとんどないだろう。あの娘の歌を聴きに来るのも老人ばかりだ」

　レジェは小さく笑った。

「ところでまだ名前を聞いてなかったな」

「ああ、これは……わたしは織田、この男は上杉。二人とも日本国の警察官僚です」

　織田が生真面目な態度で二人の名前を紹介した。

「二人とも北条くんの友人なんだね」

「ええ、同じ大学の出身で警察官僚としても同期生です」

　織田が警察手帳とパスポートを提示したので、上杉もこれに倣った。

「織田くんの電話の指示で、日本の国家警察の君のオフィスにこっちから掛け直しただろ。そんなもの見せなくても、君たちが警察官僚だということは信じてるよ。そうでなきゃこうして会ったりはしない」

「信じて頂いてよかったです」

「警察が訪ねてくるのは嫌ではなかったんですか」

上杉は思わず本音で訊《き》いた。

「わしには警察から逃げ廻《まわ》らなきゃならない理由はなにひとつないからな」

レジェはとぼけた笑いを浮かべた。

「そうでしょうとも、そうでしょうとも」

織田は大げさにうなずいた。

少なくともここしばらくレジェは、贋作《がんさく》の取引に携わっていないのだろう。

いまのレジェはどう見ても裕福には見えない。

「ところで、なぜ、わしが北条くんと知り合いだとわかったんだ？」

レジェは不思議そうに眉《まゆ》をもふもふと動かした。

「北条の部屋でハブリエル・ゼンデン作と思われるフェルメールの作品を見たからです」

「ほう、そんな画家がいるのかね」

レジェは空とぼけた笑いを浮かべた。

「レジェさんはご存じだと思いますが」

「さぁね、聞いたことがないな」

「俗に『メーヘレンの息子』と呼ばれる贋作画家です」

あいまいな笑いを浮かべてレジェは続けた。

「織田くん、わしはまっとうな美術評論家だよ。むろん、ハン・ファン・メーヘレンのことは、その技法も含めて何もかも知っている。しかし、それはあくまで鑑定のための技術としての知識だ。『メーヘレンの息子』などという怪しげな画家は知らんね」

「それではわたしどもの勘違いなのでしょう」

　レジェの空とぼけに、織田もとぼけた答えを返した。

「なるほど……では、運よく勘違いでわしのところへ来たというわけか」

　レジェは白ひげを震わせてほっほっほっと笑った。

「あなたしか頼れる人がいないんです」

　織田は真正面からレジェの薄灰色の瞳《ひとみ》を見つめた。

「わしで役に立てることかね」

「北条の行方を追っています」

「詳しいことを聞かせてくれ」

「実は北条は、五月十七日にマルセイユから最後の連絡を入れて以来消息を絶っています」

「そりゃあ……」

　レジェは落ちくぼんだ目をしばたたかせた。

「そうなのです。北条の身をなんらかの危難が襲ったのだと思います」

「彼の骨を拾いに来たのか」

　レジェは乾いた声を出した。

「生きていることを祈っています」

織田はレジェの瞳をしっかり見つめた。

「わしは一等書記官時代の北条くんには世話になったからな。彼が大使館を辞めてからはずっと会っていなかったが……」

「最近、お会いになったのですか」

織田は身を乗り出した。

「うん、この春の……四月十日だったかな。その頃、わしを訪ねてきたよ」

「本当ですか！」

「嘘を言っても仕方ないだろう……。それで、あんた方は、なにが聞きたいのかな」

レジェは織田の目を覗き込むようにして訊いた。

「レジェさんが北条について知っているすべてです」

しばし黙ってからレジェはにやりと笑った。

「それで……何杯くらい飲ましてくれるのかな？」

「一万ユーロでいかがでしょう」

織田はストレートに答えた。

上杉は驚いた。日本円で百万円を優に超える。

「いや、それは助かる。しばらく美味《うま》い酒にありつける」

レジェは顔中をしわだらけにして笑った。

「ただし、役に立つ情報があるかどうかは別だ。あんたらにとってつまらん話だとしてもわしは知らんよ」

「わかりました。先に小切手を切ります」

織田はバッグから小切手帳を取り出した。

そんなものを織田が用意していること自体が驚きだった。少なくともフランスの銀行に口座を持っていなければ小切手帳など持てないはずだ。

さすがに警備局で外事課にもいたことのある織田は違うと、上杉は舌を巻いた。

小切手にささっと必要事項を書き込んで、織田はレジェに渡した。

レジェは額面をしっかりと確かめて、小切手を古びたレザーの手かばんにしまった。

「これであんたたちを信用できる」

ゆっくりとレジェはあごを引いた。

「恐縮です」

「北条くんも信用していた。こんな感じでわしは一等書記官時代の北条くんに情報を渡していた」

ようやくはっきりした。

レジェは北条のパリにおける情報屋の一人だったのだ。

「そのようなご関係だと想像しておりました」

織田はとうぜんのように答えた。

「まぁ、わしのところには、いろいろな噂が入って来るからな」

しばらく黙ってカルヴァドスを飲んでいたレジェは、やがてぽつりとつぶやくように言った。

「美術界で取引される高額絵画のうち、贋作の割合はどのくらいだと思うかね」

レジェはいたずらっぽい笑顔を浮かべた。

「さぁ一割くらいでしょうか」

織田は首を傾げた。

「市場に出る十万ユーロ以上の絵画作品のうち、二割から四割は贋作だという説がある。わしの実感ではもっと多いのではないかと思う」

「信じられんな」

上杉はうなり声を上げた。

「メーヘレンばかりじゃない。多くの専門家の間で真作と考えられているレオナルド・ダ・ヴィンチの『美しき姫君』について、五年前にショーン・グリーンハルという有名な贋作画家が自分が描いたものだと告白してひと騒ぎになった。だが、真作と主張してきた専門家はグリーンハルの告白を無視した。この意味がわかるかね？」

レジェは二人の顔を交互に見た。

「自らの経歴に泥を塗ることになりますからね」

織田の言葉にレジェは大きくうなずいた。

「その通りだ。一流の専門家は、いまさらあれはニセモノでした、などとは言えんわけだ。真作と信じられている名画でも贋作の噂の消えぬものはほかにいくらでもある。たとえば、フィンセント・ファン・ゴッホについちゃ、このパリのオルセー美術館にある『アルルの女』も、日本にある『ひまわり』も贋作の可能性が高いと言われている」

「本当ですか！」

織田は目を見開いた。

「日本の『ひまわり』は再調査されて真作と判断されたがね」

意味ありげに笑って、レジェは言葉を継いだ。

「高額の絵画はいったん専門家によって真作と折り紙がつくと、その評価はなかなか覆るものではない。贋作《がんさく》と判断されれば、真作として大枚はたいて購入した者や、携わった関係者たちがひどい目に遭うからね」

「なるほどよくわかります」

織田は鼻から息を吐いた。

「百鬼夜行の世界だな」

上杉はつぶやいた。

贋作画家はもちろんのこと、詐欺師ばかりか、一流の鑑定家までもが贋作の流通を推し進めているとも言えるのだ。

「だからな、きわめて高額な絵画の贋作こそいい商売になるんだ。そんな贋作を扱って大もうけをした画商はこのパリにもいくらでもいる。もちろん、わしの話ではないがね」

レジェは右目をつぶった。

「わかっています。ご心配なく」

織田はにこやかにほほえんだ。

「古くから贋作を扱っているパリの画商たちが、最近、みんな飯の食い上げになっている。猟場を荒らす輩《やから》がいてな……もう一杯いいかね？」

空のグラスをレジェはかるく振った。

「どうぞ何杯でも召し上がってください」

織田は新たなカルヴァドスを頼んだ。

「新しい贋作が流れてこなくなってしまったのさ」

「なぜですか」

わずかに沈黙した後で、レジェはぽつりと言った。

「ここ数年、世界中の贋作画家たちがひそかに姿を消しているんだ……『メーヘレンの息子』ことハブリエル・ゼンデンもその一人だ。ほかにもフランスではドミニク・ラングロワ、イタリアのペッピーノ・ガルヴァーニなど、五人もの贋作画家の消息がわからなくなっている。そんなわけで、ここ数年、わしの知っている闇市場に新しい贋作は流れてこない。贋作を扱う画商も商売上がったりだよ。もちろんわしには関係ない話だがね」

レジェはしつこく念を押した。

「いったいどういう理由で贋作画家が消えたのでしょうか」

「ある犯罪組織が、彼らを誘拐したのではないかという噂がある」

　レジェの目が光った。

「というとつまり……」

　織田ののどが鳴った。

「そうだ、贋作画家たちに工房を与えて、有名絵画の贋作を描かせているのだよ。おそらくは相当高額な報酬を支払っているのだろう。だが、犯罪組織はその何倍もの大もうけをしているはずだ」

「その犯罪組織は何というのですか」

　レジェはしばらく黙った後に、厳しい顔つきで口を開いた。

「わしから聞いたというなよ」

「もちろんです」

「約束します」

　レジェはゆっくりとうなずいて口を開いた。

「《ディスマス》だ」

「聞いたことがありません」

　織田は首を傾げた。

　もちろん上杉も聞いたことのない名前だった。

「聖書に出てくる名前なんだ。聖書のディスマスは『強盗聖人』とも呼ばれる」

「聖人が強盗なのですか」

「ああ、ゴルゴタの丘で主が十字架に上ったときに右隣で磔《はりつけ》となった強盗なのだが、死に臨んで主を神の子として崇《あが》め、己の罪を悔いたことから主が天国行きを約束した。このために列聖された男だ」

「不思議な聖人ですね」

「もしかすると、北条くんは《ディスマス》を追っていたのではないかと思う」

「ほ、本当ですか」

上杉の胸は躍った。

北条の最後の任務である『日本国の治安維持のために非常に重要で、かつ危険な任務』にも符合しないわけでもないだろう。

「なぜそう思われるのですか」

織田の声もわずかに震えていた。

「断言できるわけではない。しかし、最後に会ったときにハブリエル・ゼンデンの最近のようすをしつこく訊《き》いていた。ゼンデンを調べていたのは《ディスマス》を追いかけていたからかもしれない。北条くんは参考資料にしたいと言って、最後にわしのところからメーヘレンの『ギターを弾く女』を持っていった」

「やはりあの絵はあなたが持っていたのですね」

「ま、そうらしいな」

レジェは耳の穴を指でほじくりながら答えた。

「北条は『ギターを弾く女』を高額で買ったのですか？」

「いや、あれは北条くんに差し上げたのだ。売ったわけではない。ところで、織田くんは北条くんが消息を絶ったのはマルセイユだと言っていたね」

「はい、五月十七日にマルセイユから当局に連絡を入れたのが最後です」

「ゼンデンはオランダ人だが、姿を消す前に住んでいたのはマルセイユのアンス・ド・マルムスクという港近くにあるアパルトマンだよ」

「なるほど……」

織田は低くうなった。

「マルセイユを訪ねていたことからしても、彼はゼンデンから《ディスマス》を追いかけようとしたのかもしれん」

「《ディスマス》について詳しいことを教えてください」

織田は気負い込んで尋ねたが、レジェは静かに首を振った。

「いままで話したこと以外には何も知らんよ。パリの裏社会にもまったく名前が出てきてはいない。ただひとつ、大変に恐ろしい組織だとは風の噂に聞いたことがある」

「恐ろしいと言うと、暴力的な組織なのですか」

「むろん、そうだろう。ただ、単に暴力的ということでもないようだ」

「政治色や宗教色があるのですか」

「わからんよ。わしのようなパリの片隅でひっそりと生きている老人にわかるはずもないだろう」

「では《ディスマス》について、なにか知っている人物をご存じありませんか」

織田は畳みかけるように訊いた。

「あんたら、あまり首を突っ込まんほうがいいと思うぞ」

レジェは眉《まゆ》をひそめた。

「ご存じならどうか教えてください」

織田は熱を込めて頼んだ。

「生命《いのち》を失うことになるかもしれん」

レジェは厳しい口調で続けた。

「それでも知りたいのです」

上杉も重ねて請うた。

「《ディスマス》について情報を持っている男がイタリアにいる」

「なんという人物です」

織田の問いに、レジェは眉間《みけん》にしわを寄せた。

「その男はマフィアだよ。関わってもいいことはひとつもない」

「わたしたちは北条の行方を知るためならどんな人間にでも会います」

織田は真剣な目で答えた。

「君は《ヌドランゲタ》を知っているかね」

「いいえ……マフィアの組織ですか？」

「イタリア半島最南端のカラブリア州を根城にしている一門で、約一五〇の組を持っている。イタリア四大マフィアのなかでももっとも勢いのある連中だ。この傘下で一家を率いているフランチェスコ・シモネッティという男がいる」

「つまりマフィアのボスですか」

レジェはあごを引いた。

「数百名の子分を束ねている。わたしはシモネッティから《ディスマス》の話を聞いたんだ」

「ぜひ会ってみたいです」

「会わないわけにはいきません」

織田も上杉も身を乗り出した。

「ミラノにいる。《ヌドランゲタ》はイタリア南部に勢力を持つが、古くはハプスブルク家の支配下にあったミラノは商業と金融の盛んな町だ。シモネッティはミラノの資本家たちと裏で深くつながっている。そのコネクションを使って、彼はあの街で仕事を続けているというわけだ。ふつうには会える相手ではないが、わしが紹介状を書いてもいい」

「どうかお願いします」

「シモネッティは古い友だちだ」

　レジェは昔を思い出すような遠い目つきになった。

「わしが君たちの身分を保証すれば会ってくれるはずだ。もちろん警察官僚などと名乗ってはいけない。わしと同業だと名乗るといい」

「画商と名乗るんですか。しかし、わたしたちは絵画の鑑定眼などありません」

　織田は不安げに答えた。

「絵画の取引をするわけじゃないだろ？」

「まぁ、それはそうですが」

「織田くんは日本の仏像の知識はあるかね」

「多少は……」

「たとえば、如来《にょらい》と菩《ぼ》薩《さつ》の違いはわかるかな」

「ええ、そのくらいのことなら」

　織田は自信ありげにうなずいた。

　上杉もその程度の基礎知識はあったが、突っ込まれたら自信はなかった。

「シモネッティに会うのには、基礎的な知識しか要らんよ」

「学生時代に京都や奈良の仏像巡りをした程度ですが」

「本職は仏像のバイヤーだと名乗るがよい。シモネッティは仏像など知りはしない。なにか訊かれたら適当に答えても平気だ」

「わかりました。飛行機のなかで少し勉強し直しましょう」

レジェはゆったりとうなずいた。

「今夜のうちにヤツに電話して、いまの連絡先を訊いておく。ミラノにいることは間違いがないのだが、前の事務所にいるかはわからんのだ」

「感謝します……シモネッティさんへのお礼はどうすればよいでしょうか」

「気難しい男ではないが、ヤツは大物だ。ヘタに小銭など渡したらかえって機嫌を損ねる。まぁ、百万ユーロも包めば文句なく受け取るだろうが」

「そ、そんな……無理です……」

目を剝《む》いて織田は絶句した。

「わかっているさ。君たちはシモネッティのヘッドハンティングに来たわけじゃないだろ」

レジェはおもしろそうに笑って言葉を継いだ。

「ヤツの口をなめらかにするのはワインだ。シモネッティはイタリア人のくせに《ロマネ・コンティ》が大好きでな」

「最高級ワインですね。たしか、オフヴィンテージでも百ユーロくらいはするでしょう。当たり年ならその倍もするのではないですか」

織田の顔色は冴《さ》えなかった。

ロマネ・コンティはドメーヌ・ド・ラ・ロマネ・コンティ社が単独所有するブルゴー

ニュ地方のヴォーヌ・ロマネ村の特級畑を指す言葉である。さらにその畑で産出するピノ・ノワール種で醸される最高級ワインの名前でもある。年間に六千本前後しか市場に出て来ることはなく、世界でいちばん高価に取引されるワインとして知られる。

「ものによってはさらにその何倍もする……だが、わしなら当たり年のヴィンテージでも十ユーロで君に譲ってやれる」

「そんなまさか」

織田は疑わしげな目つきでレジェを見た。

「もちろん、ヴォーヌ・ロマネ村産のはずはないさ」

レジェは片目をつぶった。

つまり贋物《にせもの》の《ロマネ・コンティ》という意味なのだ。

「しかし、シモネッティが気づいたら、マズいことになりませんか」

「絶対に気づかんよ。あの男にバレるようでは商売にならん」

「なるほど……では、ぜひお願いしたいです」

織田は頭を下げた。

「お安いご用だ……君たちはどこに泊まっているんだ？」

「16区の《エリゼ・ユニオン》です」

「では、今夜のうちにそこへ使いの者をやる。シモネッティの連絡先と《ロマネ・コンティ》を持って行かせるよ」

「ありがとうございます。ワイン代は十ユーロでよろしいですか」

「ああ、それで頼む」

織田はふたたび小切手帳を取り出して十ユーロの小切手を切った。

レジェはさっと眺めて手かばんにしまった。

「君たちの用は済んだかね」

「はい、伺いたいことはすべて伺いました」

「あの娘の歌が終わったら、わしは立ち去るとしよう」

女性歌手はアンコールの『ラ・ヴィ・アン・ローズ』を歌っていた。

客たちの拍手が静まると、レジェは立ち上がった。

「いろいろ世話になったな」

レジェが差し出した右手を、織田と上杉は次々に握った。

「ありがとうございました」

「おかげさまで光が少し見えてきました」

二人が礼を言うと、レジェはしんみりとした顔つきになった。

「北条くんが無事でいることをわしも祈っているよ。ル・ボヌール・エ・パルフォワ・カシェ・ドン・ランコニュ」

レジェは最後にフランス語で何か言った。

ゆっくりと出口へ歩み去るレジェの背中に、何とも言えぬ淋《さび》しさが漂っていた。

「レジェのおかげで次の目標ができたな」

織田が期待感に満ちた声を出した。

「ああ、ミラノ行きの航空券を手配しなきゃな」

「そのあたりはまかせてくれ」

「レジェは最後に何て言ったんだ」

「ああれか、『幸せは、時に未知のものに隠されている』という意味で、ヴィクトル・ユゴーの言葉だ」

織田はしたり顔で答えた。

「ミラノで幸せが見つかるといいんだがな」

二人は出口へ向かった。

《エリゼ・ユニオン》は、クラシックでエレガントなホテルだった。部屋に入ると、窓からライトアップされたエッフェル塔がよく見えた。

ホテルに入って部屋でひと息ついていると、フロントから電話が入った。

レジェの使いの者が来たようだ。

しばらくして織田がワインの入った紙箱と、一通の封筒を持って戻ってきた。

封筒に入っていた携帯電話の番号に織田は電話を掛けた。

織田はイタリア語もある程度はできるはずだ。

もっともレジェが嫌ったフランス語のように、発音などは怪しいものだろう。

　最初はイタリア語で話していたが、すぐに英語に変わった。

　待ち合わせ場所の相談をしている。

　織田は電話を切ると、にっこりと笑った。

「出たのは秘書だが、シモネッティが明日《あした》のランチにつきあってくれるそうだ」

「そりゃあよかった」

「ミラノへは直行便で一時間半ほどだ。いまチケットを取ってしまう」

　織田はスマホをタップし続けた。

「ちょっと高いがエールフランスの八時二十五分の便がとれた」

「朝飯はミラノ風カツレツだな」

　唯一知っているミラノの料理だった。

「コトレッタか。朝からそんな脂っこいものは食べたくないぞ」

　織田は顔をしかめた。

「冗談だよ。とにかく朝飯はミラノだな」

「そういうことだ。もう寝よう」

「じゃあ、《ロマネ・コンティ》を開けるか」

「しっかりしろよ。大事な手土産だぞ」

　織田は声を尖《とが》らせた。

「冗談に決まってるだろ。下でビールでも買ってくるよ」

上杉は片目をつぶって廊下へ出た。

どこかの部屋から古いシャンソンの鼻歌が聞こえてきた。

【2】@二〇二〇年八月二十二日（土）

翌日の十二時半少し前、上杉と織田はミラノの中心部に到着していた。

緑豊かなモンタネッリ公園の北側に位置する《ポイア》というレストランで、フランチェスコ・シモネッティ・シモネッティを待っていたのである。


シモネッティが指定した《ポイア》は、ベジタリアンメニューを中心とするレストランとして知られていた。オーガニック食品を使った創作料理を中心とするミシュラン一つ星レストランは世界でも珍しい。

パンフィーロ・カスタルディ通り沿いに建つシンプルなモダンインテリアの店内は、明るく清潔で居心地がよかった。

ランチタイムだというのにほかに一人も客はいなかった。

「驚いたな」

上杉の言葉に織田はきょとんとした顔をした。

「なにがだ？」

「イタリアン・マフィアのボスが菜食主義者だとはな」

「マフィアだっていろんな男がいるだろう」

「血のしたたる分厚いステーキを何枚も平らげるようなイメージがある」

「そりゃあ先入観、いや偏見というものだよ」

「まぁ、マフィアだって健康に気を遣うかもしれんな」

「シモネッティは大物だそうだからな。そこらのチンピラとは違うだろう」

目印の扇子をテーブルクロスの上に置きながら織田は小さく笑った。

しばらくすると、店の入口からひと組の男女が現れた。

「やぁ、待たせたかな」

いささか訛《なま》りのある英語が響いた。

声を掛けてきたのは、仕立てのよいオリーブ色のサマースーツを身につけ、縁なしのめがねを掛けた五十代くらいの中背で痩《や》せぎすの男だった。

秀でた鼻と知的な瞳《ひとみ》、およそマフィアのボスのイメージとはほど遠い人物だった。大きな企業の経営者というイメージを漂わせている。

「シモネッティさんですね、織田です」

「上杉です。お待ちしておりました」

上杉と織田は立ち上がって初対面のあいさつをした。

「ミラノへようこそ。日本からの友人たちを歓迎するよ」

シモネッティはにこやかに笑った。

握手をかわすと、シモネッティは隣に立つスレンダーな三十代半ばの美女を紹介した。

「秘書のサンドラだ」

「サンドラ・ラコーニです」

サンドラはきれいな英語とともに明るい笑みを浮かべた。

「昨日はお電話で失礼しました」

「こちらこそありがとうございました」

織田はにこやかに返事をした。

これまた予想を裏切られた。

マフィアのボスが連れている女という雰囲気はまったく感じられない。

アイボリー地に茶と黄色のタッタソールチェックが入ったアンサンブルを着こなしたサンドラは、きちんとした会社の秘書のイメージがぴったりだった。

「お二人ともお掛けなさい」

シモネッティの言葉にカメリエーレ（ホールスタッフ）が椅子を引き、全員がテーブルについた。

すぐにタキシードとコック服を着た二人の壮年の男が現れて、シモネッティににこやかな表情で挨拶《あいさつ》した。

イタリア語が飛び交っているが、上杉にはひと言もわからなかった。

「これは心ばかりのものですが……」

織田が《ロマネ・コンティ》の紙箱を差し出すと、シモネッティは包みをほどいて一本のボトルを取り出した。

「ほう、一九九四年は当たり年だな……あとで頂くとしよう。タルティーニ」

シモネッティが呼ぶと、壁際に立っていた黒いスーツを着たソムリエが、うやうやしく頭を下げた。

ニセの《ロマネ・コンティ》は、ソムリエの慎重な手つきでデキャンタに移された。

「二人とも仏像のバイヤーなんだって？」

シモネッティは気楽な調子で訊《き》いた。

レジェが知らせたのだろう。

「はい、二人とも仏像などの古美術を扱っております」

織田は自信たっぷりな態度を作って答えた。

「何年か前にローマのクイリナーレ宮美術館で日本仏像展が開かれたね」

「ええ……そうでしたね」

織田の声は平坦《へいたん》だったが、背中に汗を掻《か》いているはずだ。

「七月の終わりから九月の頭まで一ヶ月もやっていたので、ローマに滞在していたときに見に行ったよ」

「それは素晴らしい」

上杉は明るい声で空元気の相づちを打った。

「わたしは目玉となっていた毘沙門天《びしゃもんてん》の力強い木彫像が気に入ったが、なんという芸術家の作品だったかな」

この質問は予想もしていなかった。

「……快慶《かいけい》でしたかね」

織田は自信なげに答えた。

「いや、たしか湛慶《たんけい》という仏師だったよ」

シモネッティはにやりと笑った。

「ああ、そうでした」

織田の声はわずかに震えた。

仏像の話を突っ込まれたら、すぐにボロが出る。

だが、シモネッティはいたずらっぽい笑いを浮かべて話題を変えた。

「今日はわたしの好みの料理を頼んだ。つきあってくれるね」

「もちろんです。ミラノの名店のお料理を楽しみにして参りました」

織田が愛想よく答えた。

「静かに食事を楽しみたいから店を借り切った。ほかには客は来ない」

「恐れ入ります」

「音楽も好きなトレッリを流させている」

静かに流れているのは、バロックの室内楽だった。

二人のカメリエーレが、ワゴンで白い大きなプレートを運んできた。

さまざまな食材で作られたキューブ状のゼリーやテリーヌが、色とりどりの野菜で飾られている。

見た目が大変に美しく、フォークをつけるのがためらわれるほどだった。

四人はスプマンテで乾杯した。

上杉は知らない銘柄だったが、リンゴに似た香りがさわやかにひろがった。

「このように歓迎頂き、感謝しています」

上杉はお愛想を言ってみた。

「レジェの紹介となると、粗略にはできんからな」

「お親しいのですね」

「駆け出しの頃に、レジェにはずいぶん世話になった。パリで仕事をしていたときに非常にまずい状況で匿《かくま》ってもらったこともある」

「レジェさんは信義に篤《あつ》い方なんですね」

「そう、彼は男気のある人間だよ」

シモネッティは大きくうなずくと、グラスのスプマンテを飲み干した。

カメリエーレがスプマンテを注ぐと、黄金色の泡がはじけた。

「レジェの話によると、君たちは《ディスマス》のことが聞きたいんだそうだな」

息をついたシモネッティは、二人の顔をゆっくりと見た。

「わたしたちの大切な友人が五月から行方不明になっています。彼は《ディスマス》を追いかけていました。彼の行方を知りたいのです」

織田は真剣な顔で答えた。

「忠告しておくが、《ディスマス》と関わるのはやめといたほうがいい」

シモネッティは気難しげに眉《まゆ》をひそめた。

「危険なのですね」

「そうだ。《ディスマス》と接触しようとして消された者は少なくない」

シモネッティの声は静かに響いた。

「それでもわたしたちは《ディスマス》のことを知りたいのです」

織田は言葉を重ねた。

「詳しいことはわたしも知らない。誰も知らないんだよ」

「ご存じのことを何でもいいからお教えください」

織田の声は必死に響いた。

「わたしが《ディスマス》を知ったのは、シマを荒らされたからだ。あれは五年前のことだった。詳しいことは話したくないが、いつの間にかさまざまな売上げが減っていった」

「《ディスマス》の仕業なんですね」

シモネッティは静かにあごを引いた。

「本拠地はヨーロッパにあるらしいが、それがどこなのかは誰も知らない。世界の数カ国に支部があるという話だ。このイタリアにも支部があるはずだ。詐欺、誘拐、脅迫などで多額の金品をせしめている。構成員は数百人に過ぎないらしいが、精鋭ぞろいだと聞いている。傭兵《ようへい》あがりや我々のような組織の連中、諜報《ちょうほう》機関や警察組織の出身者さえいるらしい。暴力や犯罪に慣れた者ばかりだと聞いている」

「プロなのですか」

上杉の声は乾いた。

「そう、犯罪のプロばかりだという噂だ。実を言うと、わたしの配下の一人であるコルシーニという男も《ディスマス》に奪われた」

「あなたの部下が……なぜ、わかったのですか？」

「もちろん、サッカー選手ではあるまいし、『今季から《ディスマス》に移籍しました』などと知らせてきたりはしないさ」

笑ったシモネッティは、まじめな顔になって言葉を継いだ。

「だが、一年ほど前にコルシーニは、わたしの前からとつぜん姿を消した。ふつうでは考えられないことだ。いままでそんな者はひとりもいなかった。誰だって自分の生命《いのち》は惜しいからな」

シモネッティはすごみのある笑顔を浮かべた。

「な、なるほど……」

「配下の者たちがコルシーニの行方を捜したが、どうしても見つからない。組織的に隠したとしか思えない」

「では、どうして《ディスマス》の仕業とわかったんですか」

「謎の組織がこの国で始めたと考えられるマネーロンダリングが、コルシーニのやり口なんだ。我々の目をかすめてそんなことができるのは《ディスマス》しかない」

「ほかにも同じように姿を消した人がいるんですか」

「ああ、ほかの組でも何人かの者が消えている。《ディスマス》は、そうした技術に秀でた者のヘッドハンティングをしているのだ」

「レジェさんも何人かの贋作《がんさく》画家が姿を消していると言っていました」

シモネッティはスプマンテを一口飲んでから言葉を発した。

「もちろん《ディスマス》の仕業に違いない。相当に荒稼ぎしてるんじゃないかな」

「《ディスマス》は政治的あるいは宗教的に結びついた集団なんですか」

上杉の質問にシモネッティはしばし沈黙した。

「《ディスマス》は実にやっかいな組織らしい」

シモネッティは眉根《まゆね》を寄せて口を開いた。

「どういうことですか」

「彼らの犯罪行為が、すべて信念に基づいているからだ」

「信念といいますと？」

「《ディスマス》は、犯罪によって得た莫大《ばくだい》な金を第三世界に配っているんだ」

「アジア、アフリカ、ラテンアメリカの発展途上国……最近の呼び方だと被支援国に対して金を配っているんですか」

「そうだ、彼らは『先進国から搾取されている第三世界を救う』と標榜《ひょうぼう》している。だから、聖人を名乗っているんだ」

「それで『強盗聖人』なんですね」

　上杉は驚きを隠せなかった。

「そうだ。人から金を脅し取って『善行』とはすさまじい話だろ。盗《ぬす》っ人《と》猛々しいとはまさにこのことだよ。主の御《み》名《な》を汚すまったく罰当たりな奴らだ」

　シモネッティは吐き捨てるように言った。

「具体的にはどんな寄付をしているんですか」

　織田が興味しんしんという顔で訊《き》いた。

「一例を挙げれば、ウガンダのＨＩＶの医療への寄付だ。ウガンダの人口は四千百五十万人だが、百四十万人がＨＩＶ陽性者だ。年間二万人をはるかに超える人間が死んでいる。《ディスマス》はウガンダの基幹医療機関にも多額の寄付をしている」

「犯罪で得た金を病院は受け取るんですか」

「《ディスマス》はＵＮＡＩＤＳ（国連合同エイズ計画）に送金しているわけじゃない。しかも、匿名や変名で寄付するんだ。病院は大喜びさ」

「ほかには？」

「サハラ以南のアフリカ、それに次いで深刻な貧困に苦しむ南アジア地域……たとえばバングラデシュの子どもたちを支援する機関にも匿名で多額の寄付をしている。だが、彼らは売名的な行為も厭《いと》わない」

「どのような？」

「ソマリアやダルフール、ロヒンギャなどの内戦で苦しむ難民たちへの薬品や医療器具の援助だ。この場合には《ディスマス》は、どこの機関も通さない。難民キャンプの上空をヘリコプターで飛んで、薬品などを落とすんだ。そんなやり口で《ディスマス》の名を高めている」

上杉は鼠小僧のような義賊の伝説を思い浮かべた。

「つまり《ディスマス》は、正義を実行しているつもりなんですね」

シモネッティは眉間《みけん》にしわを寄せた。

「ああ、そこがやっかいなんだ。だから、構成員はほかの犯罪組織とは違って、非常につよい結束力を持っている」

「たしかにやっかいですね」

織田が低くうなった。

上杉にも《ディスマス》の恐ろしさはよくわかった。

信念に支えられた人間の行動は強固な力を持つ。

たとえそれがまったく誤った信念であるにせよ……。

「構成員を扇動している中心的メンバーがいるらしいが、世間には知られていないし、もちろんわたしも知らない」

「ほかになにかご存じのことはありますか」

「いや、これでぜんぶだ」

「そうですか……」

織田が落胆を表情に出さないように努めているのがわかった。

たしかに《ディスマス》という組織の概要はわかった。だが、これだけでは彼らに迫ってゆくことはできない。北条の行方を追うこともできないのだ。

「これ以上詳しいことを知ってる者がいるとすれば、アメリカのＣＩＡ（中央情報局）か、ロシアのＦＳＢ（連邦保安庁）、中国のＭＳＳ（国家安全部）くらいだろう」

「世界のトップシークレットというわけですか」

「君たちだってなにもつかんでいないから、わたしのところに来たんだろ」

シモネッティは二人の顔を次々に見た

「そうです。あなたがお詳しいとレジェさんに伺いましたので」

「日本警察は優秀だと聞いている。そんな君たちがわざわざミラノくんだりまで来るってことは《ディスマス》について、なにもつかんでいないからに違いあるまい」

織田と上杉は顔を見合わせた。

上杉は声が出なかった。

「わたしたちのことをご存じだったのですか」

乾いた声で織田は訊いた。

シモネッティは首を横に振った。

「知らなくともわかるさ。わたしは十四歳の小僧のときからこの世界で生きてきたんだ。警察官っていうのは、独特の匂いを持っている。とくに上杉くんはそんな匂いがプンプンしている」

「降参です」

上杉は両手を挙げた。

「ははは、わたしの目に狂いはない。だが、わたしは東京で違法カジノを開いたことはないよ。君たちを嫌う理由はなにもない」

「恐れ入ります」

織田は縮こまって頭を下げた。

次々に運ばれてくる野菜料理は凝ったものばかりだった。

たとえば三番目の料理はズッキーニと玉ねぎのラビオリ、サヤエンドウと赤玉ねぎのミルフィーユなどのコンビネーションのプレートだった。

「さて、そろそろ君たちのプレゼントを頂くとしようか」

シモネッティが目配せをすると、ソムリエが四つのグラスにニセのロマネ・コンティを注いだ。

「サンドラは弁護士資格も持っているんだよ」

シモネッティはサンドラへあごをしゃくった。

石を投げれば弁護士に当たるというイタリアのことだ。さほど珍しくはないだろう。

「さらに、彼女はワインの専門家だ」

「専門家について三年間学びまして、ＡＩＳ（イタリアソムリエ協会）のソムリエ資格も取りました」

サンドラは美しい声で言って、口もとに笑みを浮かべた。

上杉は背中に水を浴びせられたような気分になった。

「なんと、素晴らしい……」

織田の横顔も大きく引きつっている。

だが、ニセモノをいまさら引き揚げるわけにはいかない。

「それでは、頂くとしよう」

グラスを手にしたシモネッティはけげんな顔で二人を見た。

「どうしたね？　君たちも飲みたまえ」

毒味の意味もあるのだから、先に飲まなければならない。

織田はグラスに口をつけた。

上杉も口中にワインを含んだが、味がするものではなかった。

シモネッティとサンドラもワインに口をつけた。

部屋の空気が凍ったような錯覚を感じた。

「ずいぶんとよくできておりますこと」

サンドラはあいまいな笑顔を浮かべた。

「レジェの奴め。相変わらずだな」

シモネッティは唇を歪《ゆが》めて笑った。

上杉も織田も口がきけずにいた。

テーブルに沈黙が漂った。

いまにもどこかから銃弾が飛んできて、自分の頭を撃ち抜くのではないか……。

上杉の全身はこわばった。

ハープシコードの音色が静かに響き続ける。

「あははは」

シモネッティは愉快そうに身体を揺すって笑った。

「ほかならぬレジェの紹介だ。君たちがどんなワインを持ってくるかは最初からわかっているよ。レジェは稀代《きたい》の詐欺師だったが、すっかりもうろくしてしまっている」

シモネッティはまじめな顔に変わって言葉を継いだ。

「気をつけたまえ。こんなことはわたし以外には通用しない。君たちは蜂の巣にされてしまうだろう」

上杉も織田も口をきけないまま、頭を下げた。

「レジェのしたり顔がありありと浮かんでなつかしい。愉快な思いをさせてくれた君たちにもうひとつプレゼントをあげよう」

シモネッティはミントとマンゴーのクリームデザートにスプーンをつけながら、思いも掛けぬことを口にした。

「と言われますと……」

織田はスプーンを手にしたまま、かすれ声で訊《き》いた。

「最近、《ディスマス》と接触したという男をひとり知っている」

「本当ですか」

上杉は身を乗り出した。

「ゴルジェイ・ムラノフというロシア人だ」

「どんな人物なんですか」

「エストニアの《ケメロヴォ》の幹部の男だ。いわゆるロシアン・マフィアだよ。君たちの呼び方で言えばね」

シモネッティはちょっと顔をしかめた。イタリア以外の犯罪組織をマフィアと呼ばれることをこころよく思わないのだろう。

「ムラノフはどんな仕事を手がけていたのですか」

「《ケメロヴォ》は麻薬や売春をお得意とする連中だが、ムラノフはおもに、ワシントン条約で規制されている動物を扱っていた。《ディスマス》に象牙《ぞうげ》などの横流しをしていたようだ。スペイン南部のマラガで一度会ったことがある」

「その男は、いまもスペインにいるんですね」

織田の声もうわずっている。

「いや、いまはモロッコのメルズーガにいる」

「モロッコですか」

シモネッティは眉《まゆ》をひそめて言葉を発した。

「ムラノフはいま、《ディスマス》に生命《いのち》を狙われている。馬鹿な男だ。彼は《ディスマス》を出し抜こうとしたのだ。彼はメルズーガの村はずれに潜伏している」

「そうなのですか……」

織田の声は震えた。

「忠告しておくが、ムラノフに会いに行けば、君たち自身の生命が危機にさらされるおそれがある。メルズーガに行くことは勧められない」

「ご忠告に感謝致します。ですが、我々はムラノフに会わなければなりません」

上杉は言葉に力を込めて答えた。

「ほう、生命知らずだな。だが、わたしが君たちの生命を気遣う理由はない」

シモネッティは、唇を歪めて笑った。

「ペンとカードをくれ」

「はい、ただいま」

サンドラは優雅な手つきで銀色に光る装飾性の高いボールペンと名刺大のカードをテーブルに置いた。

テーブルの上でシモネッティはカードにペンを走らせた。

「きれいなペンですね」

織田がお愛想を口にすると、シモネッティはほほえみを浮かべた。

「我が国の誇るモンテグラッパのペンだ。イタリア人はクルマでもペンでも世界一美しいものを作る」

「おっしゃるとおりですね」

シモネッティはカードを織田に渡した。

「ここを訪ねてみてくれ」

Гордей Мурановという名前とメルズーガの住所が書いてあった。

「ありがとうございます」

織田は丁重にカードを受け取って頭を下げた。

「世界でムラノフの居所を知っている人間は数名しかいないだろう」

「そんな貴重な情報をお教え頂けるのですか」

「つい先日、ムラノフはわたしに助けを求めてきた。窮状を訴える手紙だった。だが、わたしの友人ではないし、彼から恩を受けた覚えもない。単なる取引相手だった男に過ぎない。助ける理由などひとつもない」

シモネッティは冷たい笑いを浮かべた。

上杉はシモネッティの素顔を見たような気がしてゾッとした。

「あの男に、わたしは君の友人ではないと伝えてくれ。彼は英語を話せる」

食後に供されたトスカーナ産のデザートワインは、とろりとした舌触りと豊かな甘さが素晴らしかった。

ようやく味の感覚が戻ってきたことを上杉は感じた。

食事を済ませて、シモネッティとサンドラは立ち上がった。

上杉と織田は店の外まで二人を送った。

シモネッティの姿を見て、戸口の両側に立っていた黒いスーツを着込んだ二人の男が頭を下げた。

ボディガード役と思《おぼ》しき険しい顔つきの二人は、イタリア人としては大柄で屈強な男だった。

「楽しい時間だった。もう会うこともあるまいが、元気でやってくれ」

シモネッティは右手を差し出した。

「シモネッティさん、あなたとお会いできてよかったです」

「貴重な情報を頂き、心より感謝申しあげます」

上杉と織田は握手を返した。

店の前のパンフィーロ・カスタルディ通りは、決して広くない一方通行路だが、道の端に寄せて三台のサルーンが停まっていた。

真ん中の一台は見たこともないブルーのリムジンで、リヤガーニッシュ《AZNOM》というメーカー名が光っていた。前後のクルマは黒いマセラティだった。

驚いたのはリムジンではなかった。

黒いスーツの男が十人、ずらりと並んでいる。

いっせいに頭を下げた誰もが、鋭い目つきの男たちだった。

この男たちは会食の間、ずっと店の外でシモネッティを護《まも》っていたのだ。

戸口に立っていた二人に囲まれるようにして、シモネッティとサンドラはリムジンに乗り込んだ。

ウィンドウには黒いコーティングが施してあって、シモネッティたちの姿は見えなくなった。

上杉と織田はクルマに向かって身体を折った。

すべての男たちを呑《の》み込むと、三台の高級車はゆっくりと滑り出した。

次の瞬間だった。

鼓膜が破れそうな爆音が響いた。

激しい炎がリムジンを包んだ。

黒い金属片が真っ直ぐに飛んできた。

「うわっ」

「な、なんだっ」

上杉は織田を突き飛ばしてから、自分も道路に身を伏せた。

金属片が後ろの壁にぶつかって、道路に転がる音が響いた。

二人はすぐに立ち上がった。

「きゃあああ」

「助けてっ」

「アンブランツァ！」（救急車）

通りは騒然となった。

パニックを起こして叫び声を上げる人。

バタバタと走り回る人々。

二台のマセラティも爆破の被害を受けている。

クルマから逃げ出した黒服の部下たちも道路に倒れ伏したり、うずくまったりして、シモネッティを助け出せる余力のある者はいないようだった。

遠くから救急車かパトカーのサイレンが聞こえてきた。

「な、なにが起きたんだ？」

織田が舌をもつれさせて訊《き》いた。

「逃げるぞっ」

上杉はぼう然としている織田の背中をどやしつけた。

「どこへだ？」

「いいから逃げるんだっ」

上杉は取るものも取りあえず左方向に走り出した。

ホテルの角を左に曲がると、目の前に緑の森が見えてきた。

モンタネッリ公園に辿《たど》り着いたのだ。

上杉は通りを渡ってそのまま公園に入り、南西の方向へ走った。

公園を抜けると、黄色のトラム（路面電車）がのんびりと走ってきた。

百メートルくらいの前方に停車場があった。

「あれに乗ろう」

「どこへ行くんだ？」

「少しでも早くここを離れるんだ」

上杉と織田が飛び乗ると、すぐにトラムは走り始めた。

ミラノ中央駅で地下鉄・トラム・バス共通の一日券を買っておいて正解だった。

古い型らしく、ロングシートは木製だった。

乗客には地元のミラノ市民と思われる人が多かった。

「シモネッティは助からないだろうな」

織田がうそ寒い声を出した。

「あの爆発じゃ木っ端みじんだ。リムジンに乗っていた者は助かるまい。サンドラという女も死んだだろう」

「ところで、ここまで急がなきゃならないことか？　わたしたちは無関係なんだぞ」

肩で息をしながら、織田は抗議めいた口調で訊いた。

「やっかいなことに巻き込まれたらマズいだろ」

「巻き込まれるおそれがあるのか」

織田はどこかのんきなところがある。

上杉から見ると、お坊ちゃんなのだ。

「犯人はわからない。しかし、シモネッティの身内は俺たちが関わりがあると考えて、いきなりぶっ放してくるだろう」

「バカな……わたしたちを疑うとしたら、頭が悪すぎるぞ」

「ボスを失ったシモネッティ一家は、いま、大混乱だろう。マフィアには血の気の多い激情型の人間は少なくない。道理の通じない奴らが見境なく銃を撃ってくる怖れは少なくないよ」

「そうか……」

織田は乾いた声を出した。

「それから、この街の警察が駆けつけてくると面倒だろ。身柄を拘束されるよ」

「我々は日本の警察官僚じゃないか。身分を明かせば……」

「日本大使館に身分を照会したら警察は信用してくれるだろう。それでも半日以上は引き止められるに違いない」

ようやく織田は納得した表情を見せた。

「どこへ行く？」

「とりあえずローマへ逃げよう」

織田はさっとうなずいた。

「そうだな。ローマへ向かう列車に乗ろう」

二人はトラムと地下鉄を乗り継いでミラノ中央駅に出た。

ＮＴＶ社の運営する高速鉄道イタロに乗って、ローマを目指すことにした。

旧国鉄のトレニタリアもミラノ—ローマ間に高速鉄道を走らせているが、イタロには発車間際の列車があった。

あわてて座席指定券を購入し、フェラーリ特急とも呼ばれる赤いスマートな車体の列車に乗り込んだ。

コンフォートと呼ばれる二等車のゆったりとしたシートに座ると、イタロはすぐに出発した。

ローマ・テルミニ駅までは三時間半ほどで、この列車は午後七時二十分頃に到着する。

「ようやく人心地がついた」

車内の自販機で織田が買ってきたコーヒーを飲みながら、上杉は息をついた。

「さすがに、シモネッティ一家はここまでは追いかけては来ないよな」

カップを手にしてシートに座った織田もほっと息をついた。

「ああ、いまは混乱のただ中のはずだ。ミラノを出る身内などいるはずもない」

「いずれにしても、ミラノを抜け出せてよかった」

「ところで、おまえは、モロッコに行く気は失《う》せてないんだな」

「シモネッティの警告か……」

織田は喉《のど》の奥でうなった。

「シモネッティの遭難原因は、マフィア同士の抗争なのかもしれない。しかし、彼が危険な世界の住人であったことは骨身にしみてわかったじゃないか。そんなシモネッティが、『会いに行けば、君たち自身の生命《いのち》が危機にさらされる』と警告を発したんだ。ムラノフに会いに行けば、どんな危険なことが待ち受けてるかわかったものじゃない。おまえは生命が惜しくはないのか」

上杉は織田の本音が聞きたかった。

自分自身は、このあたりであきらめるのも手かなとは思っていた。

だが、モロッコに手がかりがあるのに、逃げ出すのは癪《しゃく》だった。

要するに上杉の心には迷いがあったのだ。

迷いを抱えたまま、ムラノフに会いに行くのは危険この上ない。上杉の経験が警告を発していた。

「だが、ムラノフをあきらめたら、北条の行方を追うことはできなくなる……」

織田はかすれがちな声で答えた。

「だから、モロッコで生命を捨てる覚悟があるのかって訊いてるんだよ」

「上杉、おまえはどうなんだよ」

「ない……俺だって生命は惜しいからな」

上杉の正直な答えに、織田は力なく言った。

「そうか。上杉をこれ以上、巻き込むわけにはいかないな」

「俺のことはいい。織田自身はどうなんだ」

わずかに黙った後で、織田はゆっくりと口を開いた。

「ここで引き下がるわけにはいかない」

織田の声は震えていた。

「そうか……わかった。つきあうよ」

「だけど、おまえは生命が惜しいんだろ」

驚きの目で織田は上杉を見た。

「織田にそれだけの覚悟があるのなら、心を決めるしかないだろう」

上杉は迷いが吹っ切れた気がした。

警察官などというものは、危険と隣り合わせの職業なのだ。どこまでも安全な仕事など自分には無縁だ。

「ありがとう。頼むよ」

「おまえの覚悟にちょっと驚いたよ」

「わたしにはほかに選択肢がないんだ」

織田は妙にしんみりとした顔で答えた。

「とにかく、できるだけ早くムラノフという野郎に会わないとならないな」

「明日《あした》のモロッコ行きを手配しよう」

「ムラノフの住んでいるのはメルズーガという街だったな」

「シモネッティから聞いた住所で検索してみると、モロッコ南東部でサハラ砂漠の北の端だ」

織田はスマホを覗《のぞ》きながら答えた。

「モロッコの都市の名前など、カサブランカしか知らんよ」

「カサブランカよりはるかに東で南側だ。アルジェリア国境に近い」

「どこから入ればいいんだ？」

「人口百万に及ぶ中部大都市のマラケシュだ。この街にマラケシュ・メナラ空港がある」

「ローマからの直行便は飛んでいるのか」

「ある。意外に近いぞ。ライアンエアーの直行便なら三時間十五分だ」

「そりゃ驚くな」

ローマとモロッコがそんなに近いとは思わなかった。

「七時五十五分の便に乗れば、十一時十分にはマラケシュに着く」

「空港からメルズーガまではどれくらいの距離なんだ？」

「砂漠の中の道を片道約六百キロだ」

近いとは言えないが、驚くほどではない。

「東京から青森くらいか……そうすると、レンタカーを借りなきゃならんな。最低でも一泊二日の行程だな。場合によっては二泊三日になる」

「アイルランドの格安航空会社なんだ。到着時刻は狂うかもしれないから、到着日の晩はマラケシュに泊まろう。翌朝、早くに出発すれば夕方くらいには着くんじゃないか」

「二人で交代して運転しよう。砂漠の道を時速百キロでかっ飛ばせば六時間だ」

百キロはとうてい無理だろう。だが、少なめに五十キロで計算しても十二時間で着く。四時に出れば十六時に着くはずだ」

「メルズーガでムラノフに会って一泊。翌早朝に出発してマラケシュに夕方着。その先の行動はまだわからないわけだ」

「そりゃムラノフに会ってみなきゃな……チケットをとれそうか」

織田はスマホをタップした。

「とれる」

「頼んだ。ローマに着いたら起こしてくれ」

上杉は目をつむり、列車の揺れに身を任せた。

北条の行方は見えてこない。

だが、いまは少しでも可能性のある方向へ進むべきだ。

乗っている列車の警笛が遠くに聞こえ、上杉は眠りに落ちた。

【3】＠二〇二〇年八月二十三日（日）

翌朝の飛行機でモロッコ第三の都市、マラケシュに向けて旅立った。

ローマで買った新聞を機内でひろげて見ると、一面に昨日の爆破事件の記事が写真入りで大きく載っていた。

めちゃくちゃに破壊され黒焦げになったリムジンと、あたりに飛び散っているたくさんの破片が痛々しかった。

――フランチェスコ・シモネッティがミラノ市内で爆殺される。ナポリマフィアのパワーバランス崩れるか。

織田が見出しを日本語に翻訳してくれた。

続けて織田が読み上げる本文の翻訳を聞くと、やはり、シモネッティとサンドラ、さらにあのクルマに乗っていた三人の子分は助からなかった。ほかにも数人の負傷者が出たようだ。記事はマフィア同士の抗争と結論づけていた。

いまさらながらに、怪我ひとつせずにすんだ自分と織田の幸運を感じずにはいられなかった。

二人を乗せたボーイング７３７‐８００は、予定時刻を一時間ほど過ぎた十二時半頃にマラケシュ・メナラ空港に到着した。

「準備しなくてはならんものがたくさんあるな」

上杉は空港の到着ロビーを歩きながら、織田に話しかけた。

「いったいなにを準備するんだ？」

「まずは現金だ。この国ではローカルな場所ではクレジッカードは使えないはずだ。相当額のモロッコディルハムが必要だ。そう、百万円分くらいは要るな。それから、ムラノフへの謝礼も同じくらい必要だろう」

「覚悟している。一番高額の二百ディルハム（ＤＨ）紙幣を用意する」

「それからクルマだ」

「そりゃもちろん必要だ」

「できれば、ランドローバーかランドクルーザーのようなクロカン四駆がいい。途中無給油で走ることを想定してガソリンも百リットル以上、余分にほしいな」

「空港を出たところすぐに大きなレンタカーショップがあるようだ。そこで借りよう」

「もうひとつ重要なものがある」

「なんだ？」

「銃だよ」

二人とも当然ながら、銃器は持っていない。

「それは難しいだろう。だいいち許可を取るのに何日もかかる」

「正規の手続きでは無理に決まっているだろ。闇に流れてるものを買うんだよ」

「それでは法に触れてしまう」

「織田は法と自分の生命《いのち》とどっちが大事だ」

「聞くまでもないだろ」

「じゃあ、俺にまかせろ」

「わたしは銃は苦手だ」

「期待していないが、織田には護身用の小型拳銃《けんじゅう》を探してみよう」

「わたしの腕は本当に期待するな」

「期待しないといっている……このマラケシュの街でなら手に入るだろう」

空港近くのレンタカー屋には、最新型のレンジローバー、ランドクルーザーなどが用意されていたが、どれも小ぎれいでグリルガードも装備されていなかった。

上杉は気に入らなかった。六百キロをかっ飛ばすには華奢《きゃしゃ》すぎる車ばかりに思えた。

「とにかくタクシーで街へ出よう。最初にホテルにチェックインだ」

空港から街の入口までは三キロ強だが、旧市街に入って上杉は驚いた。

街全体が薄いピンク色一色なのである。

街へ続く道の両側にひろがっていた大地も同じような色だったので、地質の関係なのだろう。

織田は《リヤド・レ・ルビス》という、そこそこのホテルに予約を入れていた。

地元の屋台と大道芸人で有名なジャマ・エル・フナ広場の近くであった。

ホテル近くのレンタカー屋で、頑丈なグリルガードを備えた低年式のランドローバー・ディフェンダーを借り受けた。

ボンネットにスペアタイヤを載せた最新型とはほど遠い無骨なデザインの四駆である。

サンドベージュの色もボディに備えられたロールバーも実に砂漠向きである。さらに、ガソリンタンクが増設されて二百リットルまで入るところも頼もしかった。

近くのモロッコ料理屋で、タンジーヤという肉シチューとクスクスで夕食を済ませた。

織田を一人でホテルに帰し、上杉は夜のマーケットを一人でうろついて、必要な武器を買いそろえた。

織田をホテルに帰したのは、連れて行くとやかましいことを言い出すからにほかならない。

翌朝、陽がまだ昇らないうちにホテルを出発した。

マラケシュの日の出は割合遅く、この季節でも七時前後である。さすがに四時には出られなかったが五時半頃には東南へ向かう国道9号線に乗ることができた。

山岳地帯のカフェレストランで朝食をとっていると夜が明けてきた。

スパイシーなモロッコ・コーヒーもなかなかの味で、さわやかな朝を迎えることができた。

国道は道幅もひろく、よく整備されており、大きな問題もなく距離をどんどん稼いでいった。織田にはほとんど運転させなかった。

上杉は拍子抜けした。

砂漠のなかの道なき道をほこりを舞い上げて走る事を想定していたのだ。

これなら最新型のランクルでもよかった。

陽差しはつよい。

このクルマを借りるときに、エアコンだけは入念にチェックした。

なにせ最高気温は摂氏四十度近くにも上がる土地柄である。

昼の間は容易に外に出ることはできない。

と思っていたら、湿度が低いので直射日光さえ避ければ、意外と過ごしやすい。

少なくとも、日本の夏のようなベタベタした暑さではない。

たとえば去年の八月一日を例にとれば、これから向かうメルズーガの最高気温は四十二度、埼玉県熊谷《くまがや》市では三十六・九度で、やはり砂漠の町の力量発揮だ。だが、最低気温となると、メルズーガが二十六度で熊谷は二十七・五度と逆転する。

さらにマラケシュだと、最高気温は三十六度、最低気温はなんと十七度と、両方とも熊谷市より涼しいことがわかる。

国道9号線から10号、12号、13号線と進む経路は快適だった。

途中で動物に襲われることも、ラクダを撥《は》ねることもなく、ランドローバーはメルズーガの村に辿《たど》り着いてしまった。

まだ、夕方の五時過ぎだった。

目の前には雄大なシェビ大砂丘がそびえ立っている。

カラーチャートにサハラという色名があるが、光の加減であれより赤っぽくなったり白っぽくなったりする。

砂丘というのはこういうものだったんだと、上杉は認識を新たにした。

いま立っているところからも標高差は百数十メートルはあるだろう。延々と続くシェビ大砂丘は、丘などという生やさしいものではなかった。まさに砂の山塊であった。

メルズーガは砂丘を含めて、このあたりにひろがるいくつかの村を指す言葉でもあり、狭義のメルズーガ村はそのうちのひとつの集落に過ぎなかった。

とは言え、いくつもの立派なホテルがある程度の距離を保って建ち、数軒のレストランもあった。

驚いたのは街の真ん中に建っているモロッコ国立四輪駆動車博物館だった。ランクル乗りの上杉としては興味があったが、観光旅行に来たわけではなかった。

　メルズーガの手前、五キロほどの位置にも、新しいホテルが建ち並ぶハシラビードという村があった。

　ただ、外資系の近代ホテルというものは見かけず、クルマから眺める限りはベルベル文化の雰囲気をつよく残しているように感じられる。

　たしかにエリア自体は素朴な雰囲気を保っているが、シェビ大砂丘のまわりは、砂丘見物の観光客が世界中から訪れるエリアだということがわかった。砂丘見物の観光客を乗せたラクダのキャラバンも何度も見かけた。

　シモネッティに教えられた住所は、メルズーガ村から国道13号線をさらに六キロほど南へ下ったカミリアという村のはずれだった。アルジェリア国境までは五十キロに満たない、文字通りモロッコの果てだった。国道はこの先で砂漠のなかに消えていた。

　国道を下ると、あっという間にカミリア村に到着した。

　まわりはサハラ色の砂の大地で、小さな家々がぽつりぽつりと建っている静かな村だった。それでも、この村にも数軒のホテルとレストランがあった。

　ムラノフの家と思《おぼ》しき一軒家は、街からも国道からも少し外れた淋《さび》しいところにあった。

　村のほかの家々と同じく黄土色っぽい土壁の四角い家だった。

　近づいてみると、玄関が頑丈なグレーの鉄扉で閉ざされていた。

庭先には古ぼけたランドローバーのトラックが停まっている。

ノックしてみたが、建物内から応《こた》えはなかった。

だが、室内に人のいる気配が感じられる。

耳を済ますと、かすかに人が動くような物音がする。

「ムラノフさん、いらっしゃいますか」

上杉は英語で叫んでみた。

「わたしがロシア語で呼んでみよう」

だが、織田のロシア語にも反応はなかった。

ちょうどそのとき、十歳くらいの村の少年が通りかかった。

数十メートル離れているところに見える家の子どもなのだろう。

肌の色は浅黒く、眉《まゆ》の太い、黒い瞳《ひとみ》のきれいな子どもだった。

背番号の入った赤と青のTシャツを着ている。サッカーのユニフォームらしい。

半ズボンから出ている二本の足は顔よりも黒かった。

織田が英語とフランス語で話しかけたが、にこにこ笑っているばかりだった。

モロッコは北アフリカに古くから住む砂漠の民であるベルベル人と、各地から移住してきたアラブ人が国民の大多数を占める。現在、ベルベル人は三割強ほどだという。

メルズーガに住んでいるのは、ほとんどベルベル人であるはずだが、上杉には区別できなかった。この少年もどちらかはわからない。

「このメモを部屋の中にいる男に渡してくれ」

上杉は日本語で言って、手真似で建物へ持って行く素振りを見せた。

少年は白い歯を見せてうなずいた。

――フランチェスコ・シモネッティ氏の紹介で来ました。あなたに資金をお持ちしています。

彼に渡したメモには英語でこのように書いた。

少年は現地語でドアに向かって叫んだ。

しばらくすると、毛むくじゃらの腕がにゅっと出てメモを引ったくった。

少年は上杉たちのところに来て、どんなもんだいという顔でにっと笑った。

上杉がポケットの小銭を渡すと、なにかを叫びながら飛び跳ねるように走り去った。

ややあって、ドアがふたたび開いた。

大柄で猫背の四十代くらいの白人に見える男が姿を現した。

四角い顔は血色が悪く、大きな病気でも抱えていそうに見えた。

なんとなく品のない顔立ちの男だった。

「やぁ、わざわざ俺のところに金を持ってきてくれたんだって？」

イントネーションにクセはあるが、わりあいしっかりとした英語だった。

「ゴルジェイ・ムラノフさんですね」

織田が尋ねると、男はにっと笑って室内を親指で指し示した。

「よく来てくれたな。まぁ、なかに入ってくれ」

上杉たちは続けて部屋に入った。

ムラノフは玄関の鍵《かぎ》を閉めて何度かガチャガチャと確かめた。

内部も土壁の部屋で、天窓があるが窓には戸が立てられていて薄暗かった。

ほこりっぽい臭いが室内に漂っている。

ムラノフは安っぽいレザーソファにどんと腰を下ろした。

目の前の低いテーブルには、得体の知れない酒瓶が置いてあった。

「あんたらが来てくれたんで助かったよ。俺はもう少しで飢え死にするところだったんだ」

にかっとムラノフは笑った。

ムラノフの雰囲気を見て、上杉は彼に対する態度を決めた。

「それはなによりだ。だけど、俺たちは救世軍じゃない。あんたが知ってることを教えてもらいたくて遠くからやって来たんだ」

上杉はいくぶん高圧的な調子で言った。

「なにが訊《き》きたいんだ」

ムラノフは濁った目で二人を交互に見た。

「《ディスマス》についてあんたが知ってることすべてだ」

「それを俺に訊くのか！」

ムラノフは眉間《みけん》にしわを寄せてそっぽを向いた。

「なんだって？」

上杉が聞きとがめると、ムラノフは眉を曇らせて答えた。

「俺はあの悪魔たちから逃げ回ってこんな砂漠の真ん中にやってきたんだ」

吐き捨てるようなムラノフの声だった。

「どうしてロシア人のあんたが、メルズーガで暮らしてるんだい？」

上杉はざっくばらんに尋ねた。

「まぁ、兄弟《きょうでえ》、聞いてくれよ。俺はもともとエストニア国境のスランツィ市の生まれだ。親は馬具職人だったが、若い頃にはちょっといろいろあってエストニアの首都タリンを根拠地にしてた《ケメロヴォ》って組織に入った」

ムラノフは酒瓶を口もとに持っていってごくりと飲んだ。

「ボスの言いつけには忠実でまじめに働いたから、とんとん拍子に出世して、三十代のなかばには、サブリーダーの一人になってたのよ。《ケメロヴォ》は、エストニア国内で麻薬と武器の取引、人身売買、売春を仕切ってたんだ。だけど二〇一六年の九月に、組織の大ボスが、タリンで頭に銃弾喰《く》らって死んじまった。それから、俺たちの組織はバラバラになっちまったのよ。いわゆる内部抗争ってヤツだ。タリンじゃサツがヤバくなってきたから、俺はダチのムスチスラフとスペインに渡ったんだ。ミハスの街で、なんとかアニマルマテリアル系のシノギをやっていた」

「違法な象牙《ぞうげ》や毛皮を売りさばいていたんですね」

生真面目な織田の言葉に、ムラノフは薄笑いを浮かべてうなずいた。

「忘れもしねぇ。三年前の八月よ。身内の誰かがサツにチクりやがって、俺たちのアジトはサツに踏み込まれたんだ。たまたま俺は女のとこにしけ込んでたんで難を逃れた。俺は金に困った。それでヤバいことに手を出しちまったんだよ」

ムラノフは瓶の中身をのどを鳴らして飲んだ。

「なにをやらかしたんだ?」

上杉はあえてかるい調子で訊いた。

「タンザニアの象牙の取り込み詐欺だよ。《ディスマス》の代理人から五百キロの現物だけ受け取って横へさばき、代金を支払わないでリスボンにトンズラこいた。そしたら、あいつらしつこいのなんの。なんべん襲われたかわからねぇ。この一年半、俺は世界中を逃げ回ってきた。とうとうこんな砂漠まで流れ着いて金も底を突いたってわけだよ」

ムラノフは泣き笑いの顔を浮かべた。

「そうか、まぁ今日からしばらくは食いつなげるな」

「ありがてぇ。だけどよぉ、ここだっていつ狙われるかわからねぇから、夜もおちおち眠っちゃあいられねぇ。タリンにいた頃はいつだってすこぶるつきの最高の女とおねんねしてたのに。いまじゃあ、一緒に寝るのはネコだけだ。人間、落ちたくはねぇもんだな」

愚痴を吐き続けるムラノフに、上杉は本題を振った。

「あんたが《ディスマス》に詳しいって聞いたもんだからね」

「そりゃあ、自分の首が懸かってんだ。むかしのダチに手紙を送って、わかる限りは情報を集めてるさ」

「最近、東洋人、とくに日本人で《ディスマス》を追いかけたり、接触したりしていた人間のことを知らないか」

この酔っぱらいには期待できないなと思いながら、上杉は訊いた。

「東洋人だって……いや……一人だけ知っている」

ムラノフはぼんやりと言った。

「本当ですか！」

織田は大きく身を乗り出した。

「そうだ、日本人だ」

「名前を教えてくれ」

「たしか北条とか言ったな」

さして関心がなさそうに答えたが、上杉の心臓は大きく収縮した。

織田ののどがごくりと鳴った。

「本当かっ。ここへ北条は来たんだな」

上杉は詰問口調で訊いた。

「ああ、三十代半ばの生まじめな感じの男だった」

ムラノフは戸惑いの口調で答えた。

嘘を吐いているとは思えなかった。

「いつ頃のことだ？」

「六月なかばくらいじゃなかったか」

上杉の心に喜びがわき上がった。

少なくとも北条は、六月なかばまでは生きていたのだ。

「北条は少なくない金を置いてっただろ。あんたが食うにも困るってのは変じゃないか」

上杉が問い詰めると、ムラノフはとんでもないという風に首を横に振った。

「馬鹿言うない。北条からもらった金で俺はこれを買ったんだ」

ふらふらとムラノフは立ち上がった。

「これは……」

上杉も目を剝《む》くほかなかった。

戸棚のなかには、拳銃《けんじゅう》はもとより、アサルトライフルばかりか、ロケットランチャーまで置いてあった。

もちろんライフルやロケットランチャーは塗装の剝《は》げたクタクタの品だったが……。

「《ディスマス》は、いつどんなかたちで攻めてくるかわからんからな」

ろれつが怪しくなってきた舌で言うと、ムラノフは戸棚を閉めもせず、どかっとソファに座った。

「ところで、北条にはなにを教えたんだ？」

ついつい詰問口調になってしまう。

「あの男が、日本やそのまわりで動いている《ディスマス》について知らないかって訊いてきたから、さすがに日本から俺を殺しには来ないだろって答えた。そしたら、今度は、じゃあ、日本のあたりで動いている《ディスマス》の情報を持ってるヤツを知らないかって訊いてきたんだ。俺は一人だけ知ってるって答えた……」

「だれなんだ、それは？」

「なぁ、兄弟、そろそろ俺へのプレゼントってのを、拝ませてくれないかい」

ムラノフは小ずるい目で上杉を見た。

「仕方のないヤツだ。織田、あれをくれ」

「ああ、これだ」

織田が渡した九万モロッコディルハム（百万円強）の封筒から、上杉はおよそ半分を目見当で抜き出した。

「ほら、まず、半分を受け取れ」

上杉が封筒を差し出すと、ムラノフは両手で受け取って中身をざっくり確かめた。

「こいつはありがてぇな」

「その一人の名前を言え」

「盧承徳《ろしょうとく》っていう香港人《ホンコンじん》だ」

ムラノフはあっさり答えた。

「何者だ？」

「香港マフィア《朱雀社《チューチユエシウ》》のボスだった男だ。年寄りなんで、いまは引退してサンフランシスコに住んでいる。盧承徳が現役だった頃に、マラガにいた俺と何度か取引した。中国人はサイの角だのトラの骨なんて、妙なものを薬にするから、いい取引先だったんだ。この盧承徳は《ディスマス》のことをよく知っているはずなんだ。だから、北条に紹介した」

ムラノフはまたも酒をあおった。

上杉は跳び上がりたい気持ちだった。

盧承徳という中国人に会えば、北条に辿《たど》り着けるのではないか。

「なぁ、ムラノフさんよ、いま抜いた残りの金もほしいだろ」

「ああ、頼むよ」

ムラノフは甘えるような声を出した。

「じゃあ交換条件だ。盧承徳の住所や連絡先をここへ書いてくれ。それから、盧承徳への紹介状も頼む」

　上杉はポケットからリング式の手帳とボールペンを取り出してテーブルに置いた。

「わかった。手が震えると困るから、ゆっくり書くぜ。あんたらの名前も入れたほうがいいな……名前を聞いてなかったな」

　上杉はボールペンを手にして、二人の名前をローマ字と漢字で書いた。

「ほら。上の二人を紹介します。日本人の友人を捜している、わたしが世話になった二人です。と書いてあんたの署名を入れてくれ」

「わかった。すぐに書くよ」

　ムラノフは上杉から渡されたボールペンを丁寧に運び始めた。

　意外ときれいなアルファベットだった。

「さぁ、これでいいだろ？」

　顔を上げたムラノフは、ねだるような目で上杉を見た。

「よし、じゃあ残りの金だ」

　上杉がテーブルの上に金を置くと、ムラノフはさっと取ってポケットにしまった。

「ゆっくり飲んでってほしいと言いたいところだが、酒も底を突きかけててね」

　口先のお世辞をムラノフは言った。

「お気遣いなく」

　織田がきちんとした調子で答えたそのときだった。

「まずいっ」

ムラノフが叫んだ。

顔色は血の気を失い、額からは汗が噴き出ている。

「どうした？」

どう見ても、ただごとではない。

上杉にも緊張が走った。

「とうとうヤツらが来たんだ」

ムラノフの舌はもつれた。

「あのローター音か」

ヘリコプターのローター音が近づいて来る。

「ここはヘリの航路じゃない。滅多にヘリなんて飛んでこない村なんだ」

ムラノフはうめいた。

ローター音はどんどん大きくなってきた。

「しかしまさか……」

織田は信じられないという顔をした。

だが、ヘリコプターはこの家の上空でホバリングを始めた。

「ドシューン」

いきなり発射音が響いた。

「伏せろっ」

　上杉の叫び声に織田も床に伏せた。

「ドォーン」

　次の瞬間、家の中が地震のようにゆれ、棚がひっくり返った。

「ロケット弾だ」

　上杉の背筋が凍った。

　織田はまったく身動きができなくなっている。

「くそっ、家をぶっ壊されちまう」

　ムラノフがわめき声を上げた。

「ドシューン」

　発射音が続く。

「ドォーン」

　天井に穴が開き、崩れた土壁が降ってくる。

　あと数発で、この家自体が崩壊するだろう。

　家の下敷きになるか、ロケット弾の餌食《えじき》になるか、道はふたつにひとつに思えた。

「この野郎っ、なめやがってっ」

　ムラノフは戸棚からロケットランチャーを抱え出すと、玄関へと走った。

　鍵《かぎ》を外して、鉄扉を蹴飛《けと》ばして開け、ムラノフは外へ飛び出した。

次の瞬間、「ダダダダッ」という機関砲らしき銃音が響いた。

それきり、ムラノフの動きは消えた。

三発目の「ドォーン」が来た。

爆風が上杉の顔に押し寄せた。

あちこちで炎が燃え立ち始めた。

もはや三方向の壁は傾き、家は倒壊寸前となっている。

上杉は匍匐《ほふく》前進して玄関まで進んだ。

顔を上げて外のようすを観察する。

玄関から一メートルほどの位置にムラノフの大柄な身体が横たわっていた。

手前、五十センチほどのところにロケットランチャーが転がっていた。

未使用だ。

弾頭は残っている。

対戦車ロケットランチャーでヘリコプターに対抗できるのだろうか。

射程距離はどのくらいなのか？

攻撃が成功しても、ヘリの下敷きになったらおしまいだ。

だが、考え続けるいとまはなかった。

ホバリング音は続いている。

だが、目の前にヘリの姿は見えなかった。

上杉は匍匐前進を続け、ロケットランチャーのかたわらに寄った。

初めて扱う兵器だが、操作方法は難しいものではない。

ただし、しっかりと構えないと、反動で自分が吹っ飛ばされ、生命《いのち》を失うおそれも多い。

しかし、このまま手をこまねいていれば、自分も織田も間違いなくお陀仏《だぶつ》だ。

上杉は覚悟を決めた。

ロケットランチャーを抱え持った。

意外とかるいことに驚いた。

ヘリが角度を変えて現れた。

たぶん古いＯＨ－６型を改造したものだ。

米国製の小型ヘリ。たまごに似た形状から別名フライングエッグとも呼ばれる。

サハラカラーに塗られている。

モロッコ軍やアルジェリア軍のマークはない。

やはり敵は《ディスマス》らしい。

思ったより小型のヘリだった。

ローター音が大きくなった。

上杉はロケットランチャーを、左肩にしっかりと構えて、右手で安全装置を外した。

（チャンスは一度きりだ……）

敵に機関砲を撃たれたら蜂の巣になる。

ヘリがぐんと迫ってきた。

カウルのなかのパイロットと目が合った。

上杉は狙いを定め、人差し指に力を込めて静かにトリガーを引いた。

「ドシュッ」

目の前で炎と硝煙が噴き出た。

左肩を襲った激しい反動に必死で耐えた。

「シュルルル」

ヘリの前面に弾頭が突き刺さって炎を噴いた。

次の瞬間、耳をつんざく爆発音が響いた。

ヘリは火だるまになって四方八方へ炎が飛び散った。

ムラノフの家の屋根に機体中心部が落下して恐ろしい衝撃音が響いた。

「やったっ」

攻撃は成功した。

上杉は建物内に戻って、織田が倒れているところへ駆け寄った。

「おい、しっかりしろっ」

織田は気を失っていたが、頬を叩《たた》くと覚醒《かくせい》した。

「逃げ出すぞっ」

「わかった」

か細い声で織田は答えた。

「怪我は？」

「大丈夫みたいだ」

上杉は織田に肩を貸し、ムラノフの家を飛び出した。

倒れているムラノフの背中にはいくつもの赤い弾痕《だんこん》が散っていた。

だが、彼にかまっている余裕はなかった。

伏兵がいたら、蜂の巣だ。

二人は息も絶え絶えにランドローバーに乗り込んだ。

エンジンの音も高くランドローバーは道路へ走り出た。

もうもうと砂煙が上がった。

隣のメルズーガ村の家々が見えてきた。

ようやく肩の力を抜くことができた上杉は、助手席の織田に声を掛けた。

「危ないところだったな」

「ああ……恐ろしかった……」

織田はぼう然としたままで答えた。

「運がよかったんだ。俺たちは」

「死にかけたのにか？」

織田は驚きの声を上げた。

「死ななかったからな」

上杉にとっては冗談ではなかった。

いっときの運不運で人の生死は分かれる。

「やっぱり、あのヘリは《ディスマス》なのか？」

織田はもつれる舌で訊いた。

「まず間違いあるまい。モロッコ軍でもアルジェリア軍でもなかった」

「自国の領空をあんな私設の軍用ヘリが飛んでいるのに、モロッコ軍はだんまりなのか」

怒りがこもった織田の声だった。

「領空侵犯にはどこの国だって気を遣っている。あのヘリは、モロッコ国内に籍を置いていたのに違いない。農業用か報道用か、そんな用途で登録されていた機体のはずだ。攻撃兵器はなんらかのかたちで偽装していたのだろう」

フライングエッグの見た目は、民生用ヘリにも見える。古いかたちだが、各国で現役だ。しかし、兵器を搭載しているケースは少ない。

「なぜ、ムラノフは襲われたのだろう」

「結論はひとつしかないだろう。本人が言っていた取り込み詐欺の報復だよ」

「それだけで、あんな大がかりな報復を行うのか」

「《ディスマス》という犯罪組織は常識では考えられない性格を持つようだな」

「わたしたちは偶然、その場に居合わせてしまったというわけだな」

「もしかすると、ムラノフは監視されていたのかもしれない。我々は一味だと考えられて一緒に葬られるところだったのかもしれない」

「今度は、わたしたちが報復されるんじゃないのか」

織田の声は震えた。

「我々の正体は敵には気づかれていないはずだ。俺たちは、ムラノフからあまりにも遠いところにいるからな」

「その言葉が真実であることを祈るよ」

織田は肩をすくめた。

「いずれにしても、北条の足取りがつかめてよかった」

大収穫だ。上杉はそう考えていた。

「次はサンフランシスコで盧承徳という人物に会わなければならないな」

織田の声が明るくなった。

「サンフランシスコでは、今日みたいな危険はあるまい」

「こんなことが何度もあっては生命がいくつあっても足りないよ」

「ま、さっきのは、特別演出だろう」

「いささか遠いな。マラケシュに着いたら調べてみよう。疲れた……」

織田はいきなり眠りに落ちた。

ほっとして、気力が尽きたのだろう。

途中のどこかの村で宿を取る必要がある。

一刻も早く、メルズーガから離れたかった。

フロントウィンドウの向こうで、風に巻かれた砂漠の砂が、激しいダンスを踊っていた。

【4】@二〇二〇年八月二十八日（金）

上杉と織田が《クリフハウス》に着いたのは、夕陽が太平洋を黄金色に染める頃だった。

ゴールデンゲートブリッジの西南、サンフランシスコ市の西郊外にひろがる断崖《だんがい》の上に建つ歴史あるレストランである。

盧承徳は面会場所としてこの店を指定してきた。

《クリフハウス》は、百年以上前の建物を改修した《ザ・ビストロ》と、広いガラスエリアで海の眺望を誇る《スートロズ》のふたつのレストランから構成されている。

上級の《スートロズ》も、決して高級店ではなく、観光客も気軽に訪ねるカジュアルなレストランだった。

道路に面したエントランスから建物内に入る。ラフに着飾ったたくさんの人々が楽しげに会話していた。

スタッフに案内されて、《ザ・ビストロ》の雰囲気のある階段を下りると、一枚のドアの向こうは広い特別室だった。

一人の黒い道服の老人が立っていた。

老人は、シール・ロックスと呼ばれる岩礁の向こうにひろがるシャンパンゴールドの海を黙って見つめていた。

真っ白な髪を小さく後ろで束ねた小柄な老人は、七十代の後半には差し掛かっていよう。

その後ろ姿には少しも隙がなかった。

上杉は緊張を隠せなかった。

道服はカンフースーツに似たゆったりとしたローブだった。サンフランシスコでは太《たい》極拳《きょくけん》をやっている者も少なくなく、それほど奇異に見えるファッションではなかった。

「いい夕陽だと思わないかね」

中音のしわがれ声が響いた。

振り返った盧承徳には、あたかも高徳の隠者が持つような気配が漂っていた。

引退したとは言え、コカイン取引を中心に、あらゆる悪事に手を染めている香港系マフィア《朱雀社》のボスだった男とは思えなかった。

部屋の四隅には、スーツ姿の男たちが直立不動の姿勢でいる。目つきの鋭い男たちはむろんボディガードだが、銃や体技の達人ぞろいなのだろう。

「はじめまして、日本国政府職員の織田と申します。お時間をお取り頂き恐縮です」

「上杉です。お目に掛かれて光栄です」

「まぁ、座りなさい」

二人が次々に名乗ると白髪の老人はくせのある英語で答えた。

盧承徳は鷹揚《おうよう》に手をひらひらとさせて椅子を勧め、自らも座った。

上杉たちが座ると、盧承徳は右手にひろがる海を見て目を細めた。

「わしはこの店から眺める海に沈む夕陽が好きでね」

「とても美しい景色ですね」

「一日はこのように美しく終わる。人間はかように美しくは終われぬものだな」

目を閉じて盧承徳は言った。

詠嘆するような声だった。

上杉はなんと答えていいのかわからなかった。

織田はにこやかに話題を変えた。

「しかし、お好みが《クリフハウス》とは意外でした」

「年老いた中国人が、ムール貝やダンジネスクラブのチョッピーノを好んではおかしいかな」

盧承徳はほっほっほっと笑った。

チョッピーノとは、サンフランシスコの郷土料理であるイタリア系海鮮シチューである。

「いえ、そう言うわけではありませんが……」

織田は気まずそうに口をつぐんだ。

「わしはサンフランシスコに移り住んで一年になる。たまにはこの地の伝統料理を食べたくなるんだよ」

「サンフランシスコにもチャイナタウンはありますよね。たしか、ユニオンスクエアから歩いて十分ほどだったかと」

「そうだ。合衆国内でも最大級のチャイナタウンだ。わしの事務所もある。だが、一八五八年から連綿と続いているこの建物には敬意を払いたい。アロー戦争で清国が英仏と戦っていた頃だからな」

「そんなに古い店なんですか」

日本で言えば、安政《あんせい》時代、井伊《いい》大老による安政の大獄が始まった頃だ。

「この建物は一九〇九年に建てられたものだ。それでも一世紀をゆうに超える。素晴らしいことだ」

「たしかに歴史を持つ店は素晴らしいですね」

二人のスタッフが、海老《えび》のカクテルとスパークリングワインを手にして現れた。

「よき日没に乾杯」

盧承徳はグラスを顔の前に掲げた。

「乾杯！」

上杉と織田も唱和した。

「盧大人《たいじん》、本日はお願いしたいことがあって伺いました」

織田はとりわけ恭敬な調子で口火を切った。

「ムラノフからの手紙は読んだ……君たちは日本人の友人を捜しているそうだな」

「はい、北条直人という男です」

「どんな人物なのだね？」

「日本国の公務員です」

織田の答えに、盧承徳は穏やかな口調で訊いた。

「ただの公務員ではなく、スペシャル・エージェントなのだろう？」

スペシャル・エージェントとは特別捜査官と邦訳されるが、おもに警察官以外で警察権を持つ特別な公務員を指す言葉である。日本における労働基準監督官や国税庁監察官などの特別司法警察職員にあたる。真田夏希の立場とは異なる。

厳密な意味では、北条は特別捜査官ではないが、まぁ、当たらずといえども遠からずと言ったところだろう。

「たしかに北条は特別な任務に就いていました」

「君たちも同じような立場なのかね？」

刺すような視線で盧承徳は、上杉たちを見据えた。

「はい……日本国の……」

「警察官です」

言いよどむ織田に代わって上杉が答えた。

隣に座る織田の身体がこわばるのがわかった。

だが、嘘を吐いても、どうせお見通しだろう。シモネッティにもあっさり見破られたのだ。

やわらかい顔つきに変わった盧承徳は、口もとに笑みを湛《たた》えて答えた。

「君たちを歓迎するよ」

「ありがとうございます」

織田が緊張した声で答えた。

「ところで、なぜ、わしのような老いぼれのところに来たのだね？」

「極東地域の《ディスマス》について、お詳しいとムラノフさんから伺いましたので……」

「北条くんは《ディスマス》を探ろうとしていたのかね？」

盧承徳の目が光った。

「わたしたちが調べたところでは、北条は最後に《ディスマス》を追いかけていたと考えられるのです」

「最後……」

盧承徳はゆっくりと言葉をなぞった。

「北条は五月十七日にマルセイユから日本国政府に連絡を入れた後、行方不明となっています。心配でならないのです。ご存じのことがあったらお教えを賜りたいのです」

織田は真剣そのものの表情で頼んだ。

「彼はわたしたちの大切な友人なのです。盧大人、どうかお教え下さい」

上杉は掌《てのひら》を合わせて頼んだ。

しばらくの間、盧承徳は視線を外し、黙って海を見つめていた。

「北条くんとは会ったよ」

やがて、海を眺めたまま、盧承徳はつぶやくように言葉を発した。

「ほ、本当ですか」

織田の舌がもつれた。

上杉にも盧承徳の言葉は信じられなかった。

「ああ、六月なかばのことだった。わたしのところを訪ねてきた。ちょうど、いまの君たちのようにな。彼の用件は、わしから《ディスマス》の情報を引き出すことだった。とくに、君たちの故国、日本に関わりのある情報を知りたがっていた。引退しているわしのところへなんか来ないで、香港に行けと言ったが、ムラノフから聞いたからと食い下がった。彼は日本と東アジアの危機を救いたいと必死だった」

向き直った盧承徳はゆっくりと言葉を重ねた。

「日本にどんな危機が迫っていると言っていましたか」

織田は急《せ》き込むように訊《き》いた。

「具体的なことは北条くんも知らなかった。ただ、日本で《ディスマス》が暗躍しており、彼らの暗躍のために、日本や東アジアが危機に陥るおそれがあると言っていた。そこで、わしは現在、日本に潜伏している可能性のある《ディスマス》の関係者の一人を教えた」

平板な声で盧承徳は言ったが、上杉の胸は収縮した。

「誰なのですか」

織田の喉《のど》がごくりと鳴った。

ようやく《ディスマス》の関係者と思われる人間が、その姿を現しかけている。

「聞かんほうがいいと思う」

盧承徳は静かに首を振った。

「なぜです？」

上杉は思わず身を乗り出した。

「わしが、その者の名を教えたために、北条くんは行方不明になった怖れがつよいからだ。君たちを同じ運命に巻き込みたくはない」

厳しい盧承徳の表情に、上杉の背中に汗がにじみ出た。

「わたしたちは、サンフランシスコに来て盧大人にお目に掛かる前に、一度、モロッコで殺され掛けました。《ディスマス》の仕業だと思っています。そのおりにムラノフ氏は重傷を負いました。生命からがらで逃げてきたために、ムラノフ氏の最期を見届けてはいません」

「しかし……おそらくは亡くなっているでしょう」

上杉の言葉に織田がつけ加えた。

「ほう、ムラノフは死んだか」

盧承徳は表情を動かさなかった。

「はい、まず十中八九は……」

織田はうそ寒い顔で答えた。

「こんな稼業をしていれば、いつなんどき最期が来てもおかしくはない」

「我々警察官も同じ覚悟はできています」

上杉はきっぱりと言い切った。

盧承徳はゆっくりとうなずいた。

「わかった。では、話を続けよう。北条くんに教えたのは、きわめて危険な人物の名前だ」

「と言うとつまり……」

上杉は息を呑《の》んだ。

「スゴ腕の殺し屋なんだよ」

「どんな男ですか」

「男ではない」

盧承徳はにこりともせずに言葉を継いだ。

「素晴らしい靚女《リィアンヌウー》らしい」

「美女という意味ですか？」

織田が訊くと、盧承徳はさらに厳しい顔つきで答えた。

「噂だ。実物を見た者はほとんどいない。ここから先はすべて噂に過ぎない。真偽はわからぬ。誤情報であっても責任は負えない」

「わかりました。噂としてお伺いします」

織田はあごを引いて応《こた》えた。

「名前を教えて下さい」

上杉は気負い込んで尋ねた。

「その女は、ティファニー・ヤンと呼ばれている」

「ティファニー・ヤンですね」

織田は身を乗り出した。

「いや、本名かどうかはわかったものではない。だが、合衆国の華僑《かきょう》系の闇社会では、その名で知られている。中国系アメリカ人で、プロフェッショナルのスナイパーだ。彼女の銃の腕は実に恐ろしいものだそうだ。ナイフを使わせても一流の腕で、さらに、形《けい》意《い》拳《けん》の体技にもすぐれ、殺人技を身につけていると聞く」

「武術に長《た》けた女なのですね」

盧承徳はうなずいた。

「彼女の腕を見込んで世界中の犯罪組織が暗殺やスパイなどの仕事を依頼しているという噂を聞く。《ディスマス》が彼女に仕事を依頼したという噂を聞いた」

「誰かを暗殺しようとしているのですか」

「詳しいことはわからん。おそらくはそうだろう」

「なぜ、ティファニーはそんな技術を持っているのですか」

織田は不思議そうに訊いた。

「三年前まではＣＩＡに所属するエージェントだったとのことだ」

「闇落ちか……」

上杉はうなり声を上げた。

「ＣＩＡも彼女を逮捕しようと世界中を捜し回っている。が、ティファニーを追尾して生き残った者は一人もいないと聞く」

上杉と織田は顔を見合わせた。

「ティファニーは自分を狙ったすべての人間を一週間以内に殺しているそうだ。彼女の凶弾を逃れられる者は米特殊部隊にもいないと聞いている。だからこそ、ティファニーは三年間も生き続けているのだ」

「したたかな女ですね」

上杉はふたたびうならざるを得なかった。

「一部の例外を除いて、ティファニーの顔を見た者は生きていないという噂さえある。幸いにもわたしは彼女の顔を見たことはない」

「では、もし、北条がティファニーを追っていたのなら……」

織田は言葉を呑み込んだ。

「そうだ。もう生きてはいないだろう。彼は警察官だからな」

静かな口調で盧承徳は恐ろしい言葉を口にした。

上杉は背中から冷たい水をぶっかけられたような気がした。

「そんなまさか……」

織田も返す言葉を失っている。

「北条くんのことはあきらめなさい。悪いことは言わない」

盧承徳は諭すように言った。

「あきらめるわけにはいきません」

つよい口調で織田は答えた。

上杉も大きくうなずいて賛意を示した。

「ティファニーのいるところ必ず人が死ぬ。それでも君たちは、ティファニーを追いかける気があるのかね？」

盧承徳は二人の顔を交互に見ながら尋ねた。

「もし、北条が危機的な状態にあるとしたら、彼を見捨てるわけにはいきません」

「北条が生きている可能性に賭《か》けたいです」

上杉も織田と同じ思いだった。

小さくうなずいて盧承徳は口を開いた。

「では、教えよう。ティファニーの居所を知っている可能性のある男がいる」

「本当ですか！」

「教えて下さい」

上杉と織田の声が重なった。

「周天佑《しゅうてんゆう》と言う男だ」

「どんな人なのですか」

「かつて、わしの部下だった者と言えばよいか」

盧承徳はあいまいに笑った。

「どこにいるのですか？」

あかね色に輝き始めた海を、指さした。

「この海の向こうだ」

「と、言われますと？」

「君たちの故国だよ。日本の横浜《よこはま》チャイナタウンにいる」

「なんと！」

　上杉は思わず叫んだ。

　織田は大きく目を見開いている。

「周は横浜チャイナタウンの闇社会を牛耳っている男だ」

　盧承徳はさらりと言った。

「横浜中華街にも闇社会などが存在するのですか」

　織田は驚きの声を上げた。

「香港やマカオなどに比べてずっと規模は小さい。だが、どこのチャイナタウンにも闇社会は存在する。たとえば、チャイナタウンに日本のヤクザなどが入ってこないように、彼らは暗躍している。言ってみれば自警的な組織だ」

「なるほど」

　織田は小さくうなった。

　盧承徳は静かに続けた。

「つい先日のことだったが、周から電話があった。ティファニー・ヤンという女から接触があって、チャイナタウンでの居住場所などについて便宜を図ってほしいという依頼を受けたというのだ。あの街では、闇社会の者は周天佑の世話にならないと生きてはゆけない。もちろん、ティファニー側は相当高額の報酬を支払うという話だった」

「《ディスマス》の仕事先は横浜だというわけですか」

上杉は信じられない思いで念を押した。

「横浜の仕事でなければ、周に接触はしないだろう。周天佑はわしに意見を求めてきた」

「それで盧大人はなんとお返事したのですか」

「わしは、君たちに説明したのと同じことを話して、ティファニーとは関わるなと警告した。それ以来、彼は連絡して来ない。わしの忠告を受け容《い》れなかった証拠だ。つまり、周はティファニーと接触した可能性がある」

「ぜひ、周さんをご紹介下さい」

織田の声は張り詰めていた。

「どうしても会わねばなりません」

上杉もつよく頼み込んだ。

「わかった。この店に行ってみなさい」

盧承徳が目配せすると、部屋の西側に立っていたボディガードが歩み寄ってきて、うやうやしい態度で一枚のカードをテーブルの上に置いた。

カードには《朱《す》雀楼《ざくろう》》という店名と横浜市内の住所や電話番号が記されていた。

「この店にディナータイムに行くとよい。必ず店長を呼び出して《亀苓膏《クワイリンコウ》》を注文しなさい」

「《亀苓膏》とはなんですか？」

織田は首を傾げた。

「広東《カントン》や香港の薬膳《やくぜん》料理のひとつでな。亀の腹にある腹甲を粉末にして数種の薬草とともにゼリーにしたものだ。苦みがあるが、健康によい。店長に《亀苓膏》を頼めば、わしの許しを得た者として認められ、周天佑に会えるだろう」

盧承徳は口もとに笑みを浮かべた。

「ありがとうございます」

織田は盧承徳に礼を述べ、かたわらのクラッチバッグから封筒を取り出した。

「これは些少《さしょう》ではございますが」

両手で封筒を捧《ささ》げ持って、織田は盧承徳に差し出した。

「そんなものは要らんよ」

盧承徳は顔の前で手を振った。

「しかし、それでは……」

織田は困惑顔で答えた。

「わしは情報屋ではないんだ」

怒っている顔ではなかった。目が笑っていた。

「恐れ入ります」

身を小さくして織田は詫《わ》びた。

「君たちに北条くんへの篤《あつ》い友誼《ゆうぎ》を感じたから、わしはさっきの話をしたまでのことだ。断金の交わりは人間の持つ徳のなかでも美しいものだ」

盧承徳はゆったりとした笑みを浮かべた。

断金の交わりとは、金を切断するほど固く結ばれた友情を意味している。

「わたしたちが警察官なのに、よくお教え下さいました」

上杉は正直な気持ちを述べた。

「ひとつ頼みがある」

「なんでしょう？」

「もし、周天佑が危機に陥ったときには、彼の力になってやってほしい」

真っ直ぐに上杉の瞳《ひとみ》を見つめて盧承徳は頼んだ。

「周さんが危機に陥るのですか？」

上杉は驚いて訊《き》いた。

「横浜での仕事が終われば、ティファニーは周を消すかもしれない」

「そうですか……」

織田の声は乾いた。

「すでにわしには日本にいるむかしの部下を助けるような力はない。このサンフランシスコで残された時間を送るのでせいいっぱいだ。君たちなら周を守ることもできよう。よろしく頼む」

「わかりました。できる限りのことはします」

上杉ははっきりと承諾の意思を伝えた。

食事を終えた二人は盧承徳に何度も礼を述べて特別室から出た。

エントランスには笑いさざめく人々が何人もたむろしていた。

ミラノのときとは違い、むろん異変はなにも起こらなかった。

名物の日没の時刻が迫っていた。

歴史ある四角い建物を背景に、太平洋は赤く燃えていた。

第三章　チャイナタウンの憂鬱《ゆううつ》

【1】　@二〇二〇年八月三十一日（月）

サンフランシスコ国際空港を翌日の午前九時過ぎに発《た》つハワイアン航空の便に乗った。ホノルルのダニエル・K・イノウエ国際空港で乗り換えて羽田に着いたのは、夕方の五時過ぎだった。

そのまま中華街に向かいたかった。到着ロビーを出るとすぐに、織田はカードに書かれた《朱雀楼》の番号に電話を掛けた。

「残念ながら店休日のアナウンスが流れてる」

織田は小さく首を振った。

「仮に店番がいたとしても無理やり訪ねたのでは、周天佑に会うことはできないな」

「仕方がない。《朱雀楼》は明日《あした》訪ねるとして、どこかでひと休みしよう」

二人はとりあえずタクシーで横浜駅へ出て、スカイビルの《クルーズ・クルーズＹＯＫＯＨＡＭＡ》でかるく夕食をとった。

パリから始まった旅を終え、無事に日本に帰ってきた。

だが、夕陽に染まる横浜港を見おろしても、上杉はみじんも懐かしさを感じなかった。

いまはとにかく、周天佑に会ってティファニー・ヤンという女の居所を突き止めることで頭がいっぱいだった。

地下通路まで下りた上杉は、織田と明日の午後五時十分前に、店に近い朱雀門近くの前田橋《まえだばし》で落ち合うことにして別れた。

一日とて無為に過ごしたくはなかった。

ボストンバッグを足もとに置いた上杉は、地下通路の壁に背をもたせかけて電話を掛けた。

「はい？」

相手は神奈川県警組織犯罪対策本部の堀《ほり》という警部補だった。

低い声が耳もとで響いた。

「おう、元気か？　上杉だ」

「あ、上杉さん、久しぶりです」

堀の声が明るく変わった。

「いま、どこにいる？」

「今日はいたって平和でね。もう帰るとこですよ」

「というと本部《かいしゃ》か？」

「ええ、そうですけど……」

堀の声は警戒心に満ちたものになった。

「ちょっと時間とれるか？」

「これからですか？」

「そう言ってんだよ」

堀の声は裏返った。

有無を言わせぬ調子で、上杉は決めつけた。

「ちょっと予定が……」

「おまえに何の予定があるんだよ？　デートする相手もいないくせに」

「うわっ、ぐさっ」

他人のことは言えないが、堀は三十七になるのに独身だった。

「どうせ馴《な》染《じ》みのスナックで、下手くそなカラオケ歌うくらいだろ？」

「大きなお世話ですよ」

堀のふくれっ面が見えるようだった。

「俺が頭を下げて頼んでるってことの意味を考えろよ」

上杉は脅しつけるような口調で言った。

「わ、わかりましたよ」

「七時に《いろり》で待ってるぞ」

「もう無茶なんだから」

「七時だ。待ってるぞ」

「福富町仲通《ふくとみちょうなかどお》りの《いろり》ですね。おごって下さいよ」

「ああ、待ってるぜ」

　電話を切った上杉はボストンバッグをかついで駅方向へと歩き始めた。

　三十分後に、上杉は《いろり》のテーブル席で、生ビールのジョッキを傾けていた。

《いろり》は福富町仲通りの真ん中あたりにある居酒屋で、上杉が刑事部本部にいたときに、時々利用していた店だった。関内《かんない》駅の北口からも五百メートルほどしかないので、海岸通《かいがんどお》りの県警本部にいる堀も来やすいだろうと思ったのだ。

　六席ほどのカウンターと四人掛けのテーブル席が三つあるだけで、気取ったところの少しもない居酒屋だった。

　だが、飛騨《ひだ》の山奥出身という六十年輩の店主が出す肴《さかな》は、新鮮な上に味つけもよく、ひいきにしている常連客は少なくなかった。

「いらっしゃいませ」

　店主と同年輩のおばさんが愛想のよい声を出した。

彼女はフロアで注文を取ったり、料理を運んだりしている。

奥さんなのかどうか、上杉は知らなかった。

店に入った堀秀行《ひでゆき》は後ろ手で引き戸を閉めた。

カウンターで飲んでいた二人のサラリーマン風の男たちが、いっせいに顔色を変えた。

ふつうの白い開襟シャツを着て現れた堀だったが、異様に体格がよい。両腕は木の根っこのようだし、坊主頭で目つきが悪い。

一見すると、ヤクザにしか見えない。

堀は組織犯罪対策本部の暴力団対策課の主任。いわゆるマル暴刑事だった。マル暴にはヤクザと変わらないような風体の刑事が少なくない。

かつては捜査一課にもいたことがあり、そのときに上杉と知り合った。

「おはようっす」

「なに寝ぼけたこと言ってんだ。もう陽は落ちてるぞ」

「えへへへ。お久しいことで」

奇妙な愛想笑いを浮かべて堀は正面の椅子に腰を掛けた。

「まぁ、一杯やれよ。おばさん、こいつに生中。それからたこのぶつ切りと、山芋の千切りを頼むよ」

「はい、お待ちを」

おばさんの明るい声が返ってきた。

すぐに注文の品がテーブルに並べられた。

カウンターの二人はそそくさと支払いを済ませて店を出て行った。

店内の客は上杉と堀だけになった。ちょうどよい。

「最近、見かけませんでしたね。噂じゃ根岸分室が廃止になるとか」

「どこのどいつだ。そんなふざけたことを言ってるのは」

「いや、風の噂ですよ」

「俺が神奈川県警にいる限り、根岸分室は安泰だ」

「それならいいんですけど」

堀は中ジョッキのビールを一気に三分の一ほど飲み干して口もとをぬぐうと息をついた。

「堀、おまえを男と見込んで頼みがある」

上杉はテーブルに両手をついて頭を下げた。

「やめてくださいよ。どうせろくな頼みじゃないんだから」

顔の前で右手をせわしなく振って苦笑いを浮かべた。

「単刀直入にいこう。これから一ヶ月の間の刑法第一八六条二項による手入れの予定を教えてくれ」

上杉は堀の目を見据えながら、ささやき声を出した。

刑法第一八六条二項は「常習賭博《とばく》及び賭博場開張等図利」を規定する条文である。すなわち賭博を開帳する犯罪を罰している。

「捜査情報をリークしろって言うんですか」

堀は目を大きく見開いた。

「加賀町《かがちょう》署管内の情報だけでいい」

「無理言わないで下さいよぉ」

「じゃあ、中華街のなかだけでもいいんだ」

「捜査情報をリークしたら俺がパクられちゃいますよ」

「おまえ、なにか勘違いしてないか？」

「なにを勘違いしてるって言うんですよ」

堀は声を尖《とが》らせた。

「一般人にリークしたら、そりゃ犯罪だろう。しかし、これは刑事部の捜査員に対する事務連絡じゃないか」

「また、無茶言い出した……」

堀は太い眉《まゆ》をハの字に寄せた。

「根岸分室が暴対課の捜査を手伝ってやろうって言ってんだ」

「そりゃどうも。でも、そんな応援必要ないですから」

相手にしないといった態度で、堀は顔の前で手を振った。

「おまえ誰に向かってもの言ってんだ？」

上杉は低い声ですごんだ。

「な、なんですか。そんなこわい顔して」

堀は身を後ろへ仰《の》け反らせた。

「おまえに言われたくない」

「ま、こわい顔はお互いさまってことで」

「ところで、このタコのぶつ切り美味《うま》いだろ？」

上杉はテーブルの上の皿を箸《はし》で指して訊《き》いた。

「ええ、歯ごたえがたまりませんね」

質問の意味がわからずに堀は目を白黒させた。

「そうやって、いまビールやタコを味わえるのは誰のおかげだ？」

あごを突き出して、上杉は訊いた。

「そりゃあ上杉さんは生命《いのち》の恩人ですよ」

堀は身をすくめた。

「そうだな。三年前、おまえがあの高橋《たかはし》って強盗野郎に撃たれそうになったとき、俺が駆けつけるのが五分遅かったら、生ビールもタコもあったもんじゃなかっただろ」

「重々わかってますよ。日々上杉さんを祀《まつ》った神棚にお灯明上げてます」

堀はうろたえながら答えた。

「調子のいいこと言いやがって。とにかくおまえはこの世にいなかった」

上杉は無理やり恩に着せた。

「感謝してますよ。でも、それとこれとは別です」

「おまえはそんな薄情な男か。まだあるぞ。おまえがマル暴に移ってから、ヤクザの情《い》婦《ろ》にうつつを抜かしてヤバかったときに、組長と話をつけて助けてやったのも俺だろ」

少し声高になって上杉は脅した。

「そんな大きな声出さないで下さいよ」

堀はあたりをキョロキョロと見まわした。

聞こえているのかいないのか、店主もおばさんも知らん顔をしてテレビのナイターに見入っている。

「大きな声は地声だ。ほかにもあるぞ……」

上杉はわざと声を張り上げた。

「参ったな。やめてください。恩義は感じてますよ。でも、いくら俺を脅しても捜査情報なんて漏らせませんよ」

小声で堀は抗《あらが》い続けた。

「実はな……一人の警察官の生命が懸かっている話なんだ」

堀の目を真っ直ぐに見つめて上杉は真摯《しんし》な口調で言った。

「本当ですか」

堀は絶句した。

「俺が嘘をつくはずがないだろ」

「そりゃまぁ……」

「おまえが答えを言ってくれりゃあ、その警察官は助かるかもしれん。だが、おまえが拒めば、まずは殺される」

「そ……そんな……」

堀は言葉を詰まらせた。

「おまえの薄情さが、仲間を一人殺すことになるんだ」

「だ……だけど……」

「まぁ、おまえとのつきあいもこれっきりってことになるな……勘定は頼んだぞ」

上杉は腰を浮かす素振りを見せた。

「待って下さい」

堀は上杉のシャツをつかんだ。

「考え直す気になったか」

上杉は席に座り直した。

「ヤバい状況の警察官って誰ですか？」

「名前は言えん……だが、俺の親友だ」

上杉はしんみりとした声を出した。

テーブルに視線を落とした堀は、しばらく低い声でうなり続けていた。

顔を上げた堀は目をしばたたかせた。

「なにがあっても俺から聞いたって言わないで下さい」

「あたりまえじゃないか。俺はそんな男じゃない」

上杉は自分の胸を叩《たた》いた。

「後でまずいことが出たら、上杉さん、ぜんぶ責任とってくれますよね」

「もちろんだ。おまえに迷惑掛けないよ」

上杉は諭すような口調で言葉を重ねた。

「中華街エリアでは一件。九月五日です」

ほとんど聞き取れぬ声で堀は答えた。

「どこの店だ？」

「そいつだけは勘弁して下さい……これがギリですよ」

堀は顔の前で手を合わせた。

「わかった。その情報だけでなんとかしよう」

「ったく、刑事《デカ》を脅してオトすなんて、上杉さん以外にあり得ませんよ」

唇を尖らせて堀は愚痴った。

「恩義に篤《あつ》い堀のおかげで、親友を救える」

上杉はふたたびテーブルに手をついて頭を下げた。

「ああ……俺はなんてことを言っちまったんだ」

堀は頭を抱えた。

「いまさらなに言ってんだ。ところで手入れの何割くらいが失敗する？」

「お答えできませんが、たまにはカスります」

「そうだろう？　一件くらいカスってもどうってことはないさ」

「上杉さんは外の人だから、そんな気楽なことが言えるんですよ」

「馬鹿野郎、俺は刑事部の人間だぞ」

堀は上杉の言葉を無視した。

「なにをするつもりなのか知りませんが、絶対に俺の名前を出さないで下さいよ」

「おまえもくどい男だな。本部から根岸分室への事務連絡じゃないか」

「なに言ってんです。懲戒免職もんの話なんですから」

いかつい堀が、いまにも泣き出しそうに見えた。

「おばさん、生中ふたつと焼き鳥盛り合わせ、それから、唐揚げね」

上杉は陽気な声を張り上げて注文を入れた。

堀は食欲もなくなったらしく、タコや山芋には手をつけず、ビールをちびちび飲んでいる。

「がっつり飲めよ。いつかこの礼はする」

「信じていいんですね」

「ああ、ただし俺が生きていたらな」

上杉は冗談めかして言った。

「上杉さん……いったい何をやろうって言うんです？」

だが、堀の声はかすかに震えていた。

「友だちを助ける。ただ、それだけだ」

おばさんが持って来た焼き鳥を、上杉は口にした。

ジューシーなもも肉が口の中で熱くはじけた。

【2】＠二〇二〇年九月一日（火）

朱雀門は横浜中華街の南側を守る牌楼《パイロウ》である。

幅の狭い中村川《なかむらがわ》に架かる前田橋は、首都高速神奈川3号狩場《かりば》線高架道路の下に位置していて日当たりが悪かった。

翌日の午後五時十五分前、上杉は前田橋たもとの街路灯に背中をあずけ、朱雀門に吸い込まれてゆく観光客の背中をぼんやりと眺めていた。

あたりは夕方の金色の斜光線に照らされている。

すでに《朱雀楼》の位置はスマホで確認してある。

県道山下長津田《やましたながつだ》線の前田橋の交差点を渡って朱雀門から中華街に入る。朱雀門から始まって関帝廟通《かんていびょうどお》りと交差し、北へ延びている南門《なんもん》シルクロードの中ほどにある。

ストリートビューで見ると、楼などと言う名前の割には小さく目立たない店だった。

「疲れはとれたか？」

白紺ボーダーシャツにナチュラルカラーのチノパン姿の織田が近づいて声を掛けてきた。

上杉も今日は、シャンブレーシャツにデニムのカジュアルな組み合わせだった。

「ああ、昨夜は酒を飲んでぐっすり寝たよ」

「さすがだな……」

「織田はどうなんだ？」

「今日のことが気になってよく眠れなかった」

そう言う織田の目の下にはかすかに隈《くま》が浮き出ている。

「上に帰国の報告を入れたのか？」

「まだだ……今日のことは警察庁《かいしゃ》にも知られたくない」

織田は生真面目な顔で答えた。

「よい分別だ。まだ秘密行動を続けたほうがいい」

「わたしもそう思ってね」

いままでの織田だったら、昨夜の内に警察庁警備局長に報告しただろう。織田も今回の旅の経験でダークな仕事の感覚をつかみかけているようだ。

「今日は営業している。店長もいるそうだ」

織田は前もって店に電話を入れることになっていた。

「じゃあ、行こうか」

上杉の声に織田は黙ってうなずき、二人は横断歩道を渡った。

右手の斜め前方から潮の香りを乗せた熱い風が吹いてくる。

そう遠くない場所に山下公園があり、横浜港がひろがっているのだ。

上杉は横浜港から中華街を吹き抜ける夏の夕風が好きだった。

南門シルクロードを歩く観光客は少なくない。お目当てのひとつは門から百メートルほどの距離左手に建つ《横濱媽祖廟《まそびょう》》である。

《横浜関帝廟》と並んで中華街の雰囲気を盛り上げている極彩色の建物は、媽祖を祀《まつ》る施設である。媽祖は航海や漁業の守護神として中国沿海部を中心に信仰されている道教の女神である。百五十年の歴史を誇る関帝廟よりもずっと新しい。平成十八年（二〇〇六）に、横浜開港百五十年を記念して台湾から分霊して開廟した。

ライトアップされている豪華な媽祖廟にはたくさんのカップルや家族連れが訪れ、階段を上り下りしていた。

だが、上杉は左手へ視線を移すこともなく、もうちょっと先の右手に位置する《朱雀楼》を見《み》出《いだ》そうとしていた。

「あそこだな」

媽祖廟を過ぎて程なく、織田がいち早く見つけ出した。

「ああ……」

中規模の中華料理店に挟まれて肩を小さくしているような二階建ての店に《朱雀楼》の金看板が出ていた。店の外には「広東料理・香港式飲茶《ヤムチャ》」と記されたメニューが並んだA型看板が置いてあった。

ダークグレーのガラスの自動ドアを入ると、赤いクロスに覆われた四人掛けのテーブルが四つと、八人掛けの円卓を二つ備えた店だった。白っぽい漆喰壁《しっくいかべ》と磨き込まれた木の床が清潔感を漂わせているが、それほど珍しくない中華料理店のインテリアだった。

店内には客らしき姿はなかった。まだ、開店直後だから、こんなものなのだろう。

「いらっしゃいませ」

赤系のチャイナドレスを身につけた痩身《そうしん》の若い女性が声を掛けてきた。訛《なま》りからすると、日本人とは思えなかった。

「店長さんに会いたいんですけれど」

織田はにこやかに頼んだ。

「店長ね。ちょっと待って」

女性店員は疑うこともなく奥へと消えた。

「わたしが店長ですが……」

しばらくすると、白いシャツに黒い蝶《ちょう》ネクタイを締めた五十年輩の男性が現れた。白髪交じりの小柄な店長もまた、日本人ではないようだった。

「こんばんは、わたしたちは《亀苓膏》を頂きたくて伺ったのですが……」

織田は笑みを湛《たた》えたままで丁重に言った。

店長は金壺眼《かなつぼまなこ》を大きく見開いた。

「申し訳ございません。《亀苓膏》は、うちでは扱っていません」

肩をすぼめて店長は答えた。

《亀苓膏》はふつうに注文されることもあり得ない話ではないだろう。こうして一度断るのはあたりまえかもしれない。

「そんなはずはないでしょ。おたくで《亀苓膏》を頂けるはずなんですが」

上杉はわざと詰め寄るような声音を出した。

にやりと店長は笑った。

「わかりました……では、こちらの通路へどうぞ」

店長は先に立って店内の奥の通路へと歩き始めた。

暗めの照明の通路の右側には男女別のトイレの扉が並んでいた。

トイレの奥の突き当たりに明るいグレーに塗られた木製の扉があった。private の表示が出ている。

「ちょっとお待ちください」

店長はポケットから鍵《かぎ》の束を取り出して、そのうちのひとつでグレーの扉を開けた。

半畳ほどの狭いスペースの正面と右側に同じグレーに塗られた扉が設けられていた。

今度の扉にはなんの表示も出ていなかった。

店長は別の鍵を取り出して右側の扉を開けた。

扉の奥にはふたたび半畳ほどのスペースが現れた。

このスペースには正面と右側と左側に扉があった。

店長はまた別の鍵を取り出して左側の扉を開けた。

すると、また同じような部屋が現れた。三部屋めということになる。

別の鍵で右側の扉を開けると、蛍光灯が点《とも》された階段が地下へと続いていた。

「ここを下ります」

店長は言葉少なに案内して、階段を下り始めた。

十数段の階段が終わるところにさらに扉があった。

この扉はいままでのものとは違って頑丈そうな鉄扉だった。

扉にはインタフォンが設けられていた。

店長はインタフォンのボタンを押すと、マイク部分の孔《あな》に向かって何ごとかを広東語らしき早口で話した。

扉の錠が開く音が響いた。

「お入りください」

店長は扉を開けて左手で支えながら、部屋のなかへ右手を差し伸べた。

背後で鉄扉の閉まる重い音が響いた。

扉のなかはチーク色の板壁で囲まれた十二畳ほどの部屋だった。

中国風の意匠は少しも見られず、弁護士かなにかの執務室といった雰囲気だった。左右の壁には茶色いスチール本棚が並べられて法規集や法律書をはじめとした書物が並んでいる。

奥には一間幅の木製机が設《しつら》えられ、一人の男がゆったりとした椅子に座っていた。

机の上の空間に掲げられた「万水千山《ばんすいせんざん》」という横長の額が目を引いた。

多くの山や川、つまり大自然の奥深さを指す言葉で、転じて遠く険しい道のりをあらわす意味を持っている。

男は椅子から立ち上がり、にこやかに尋ねた。

「盧承徳先生はお元気でしたか？」

なまりの感じられないきれいな日本語だった。

「はい、とてもお元気でした」

打てば響くように織田は答えた。

「織田と申します」

「上杉です」

二人はそれぞれに名乗った。

「周天佑です」

六十代後半か。長めの髪はきれいに真っ白だった。

暗黒街の顔役という雰囲気は少しもなく、学者かジャーナリストのようにも見える。

だが、細面に大きめの眼が油断なく光っている。

薄墨色で竹の枝を描いた模様の入った半袖《はんそで》シャツがよく似合っていた。

周天佑は右手を差し出した。

「周大人、お目に掛かれて嬉《うれ》しいです」

織田は手を握り返した。

「ははは、わたしはそんな尊い呼び方にふさわしい人間ではありません」

「では、周さん、よろしくお願いします」

上杉も握手をかわした。

「そちらにお掛け下さい」

周天佑は机の前に置かれたチョコレート色のレザーソファを指し示し、ゆっくりと座った。

「盧先生のご紹介とあれば粗略にはできません。お二人はどのようなお立場ですか？」

二人の顔を周天佑は交互に見た。

「わたしたちは警察官です。わたしは神奈川県警におります」

上杉は進んで身分を明かした。

隠し立てしても、すでに盧承徳に身分は告げてあるので意味はない。

「わたしを容疑者としてお取り調べですか？」

周天佑はいたずらっぽく笑った。

「もちろん捜査のために伺ったのではありません。また、わたしは捜査官でもありません」

織田は生真面目に答えた。

「では、お二人は、どのようなご用件でしょうか」

周天佑は笑みを浮かべたままでゆったりと訊《き》いた。

「ティファニー・ヤンという女性を捜しています」

織田は前置きなしで切り出した。

「はて……聞かない名ですな」

周天佑は表情を変えずに答えた。

「あなたがご存じだと盧大人に伺いました」

上杉は周天佑の目を見据えてつよい口調で言った。

「ほう、盧先生が、そのようなことを仰せでしたか」

周天佑の見開いた瞳《ひとみ》がぴくぴくと震えた。

「周さんが、ティファニー・ヤンから、この横浜中華街の居住場所などの面倒をみてほしいという依頼を受けたと伺っています」

上杉はつよい調子で言葉をぶつけた。

かすかに唇が動いたが、周天佑の声は発せられなかった。

「どうか、ご存じのことがあれば、お教え下さい」

織田は顔の前で手を合わせて頼み込んだ。

しばらく周天佑は、黙って上杉たちの顔を見つめていた。

「あなたたちは、よほど盧先生に気に入られたらしい」

周天佑はほっと息をついて言葉を継いだ。

「わたしが盧先生にご相談したことをお話しになるなんて、あなたたちのことをどれほど信頼しているかがわかります」

「そうではないでしょう。盧大人はあなたのことをとても心配しておられました。仕事が終わったら、ティファニーはあなたを害するだろう。だからわたしたちに守ってほしいと、盧大人はそのように仰せでした」

上杉の言葉に、周天佑の目が大きく見開かれた。

「なんですって！」

「盧大人は続けて、こうおっしゃっていました。『すでにわしには日本にいるむかしの部下を助けるような力はない。このサンフランシスコで残りの時間を送るのでせいいっぱいだ。君たちなら周を守ることもできよう』と」

「盧先生がそんなにわたしのことを気遣って下さっているとは」

周天佑は感に堪えないという声を出した。

宙を見上げて周天佑は言葉を続けた。

「もう五十年も前のことです。わたしは尖沙咀《チムサーチョイ》という香港のダウンタウンで粋がっているケチなチンピラ小僧でした。筋の悪い悪事に手を出して、三合会《サムハプウィ》配下の連中から簀巻《すま》きにして九龍湾《クーロンわん》に放り込まれました。もうダメだというときにお助け下さったのが盧先生です。それからおよそ二十年、わたしは盧先生にお仕えしました。わたしに人として生きる道を教えて下さったのが盧先生なのです。三十年ほど前にご縁があって、わたしはこの横浜に来ましたが、盧先生への恩義は忘れたことはありません」

「お二人のご関係はよくわかりました。盧大人はいまもあなたを愛していらっしゃるのですね。あなたもまた盧大人を尊崇なさっている」

「その通りです」

上杉の言葉に、周天佑は静かにうなずいた。

この男は信ずるに足る。上杉はそう感じて本題に触れた。

「実は、ティファニーを捜しているのは、彼女を追いかけていた男が、わたしたち二人の親友だからなのです」

「その男は北条直人と言います。警察官僚です」

織田が言葉を添えた。

「そうですか」

周天佑は乾いた声を出した。

「わたしたちは、ティファニーと会って北条の行方を聞き出したいと願っています」

周天佑は眉《まゆ》をひそめて口を開いた。

「もう間に合わないかもしれません……もし、その北条という方がティファニーを追いかけていたとすると……」

「ティファニーに殺されたと……」

上杉は言いたくない言葉をあえて口にした。

周天佑は静かにあごを引いた。

「ティファニーは恐ろしい女です。隠れ家を提供しろと彼女はわたしを脅しました。自分はこの街のどこにでも忍び入って、誰の寝首を掻《か》くことだってできる。ティファニーが証拠を見せると言った次の朝、この部屋に入ると、机の上に月下《げっか》老人《ろうじん》の木像が置いてあったのです」

「どう言う意味ですか？」

上杉の問いに、周天佑はぶるっと身を震わせて言葉を続けた。

「縁結びの神である月下老人像は、媽祖廟の内部に安置してある神さまです。ティファニーは夜のうち媽祖廟に忍び入って月下老人を盗み出し、この部屋に置いて立ち去ったのです。いったいどうやって媽祖廟に侵入したのか、四重の鍵《かぎ》に守られているこの部屋へ入ったのか。まるでわかりません。媽祖廟にもこの部屋にも機械警備は入っているのです。部下にも怪しい者はいないと信じています。しかし、彼女は実行した。ティファニーは親しい者の首の代わりに月下老人を置いていったのです。わたしは彼女の脅迫に屈さざるを得ませんでした。盧大人の警告に従うことはできなかったのです」

周天佑は肩をすくめた。

「ティファニーとはお会いになったのですね？」

織田の質問は、上杉も訊きたいところだった。

「いえ、一度も会ったことはありません。彼女はこの街におけるわたしの存在をどこかで知って、一台のスマートフォンを送りつけてきたのです。調べてはいませんが、海外用プリペイドＳＩＭカードが入っていますので、もちろん飛ばし携帯でしょう。彼女は電話で脅迫してきました。若い女の声でした。英語も日本語も話す女でした」

海外用プリペイドＳＩＭカードとＳＩＭフリー携帯電話の組み合わせによる名義不明の飛ばし携帯は、警察でも頭を痛めている。

「それで、あなたはティファニーに隠れ場所を提供したわけですね」

上杉はなるべくやわらかい口調を選んで問いを発した。

「わたしだけならまだしも、わたしの家族やこの街に住む仲間たちに危害を加えられては困ります。わたしにはこの街を守る責務があります。ティファニーの要求に応《こた》えるほかなかったのです」

周天佑は苦しげに肯定の言葉を吐いた。

「あなたが盧大人への恩義や感謝の気持ちを大切にされ、ご家族やこの街の人々を愛していらっしゃるのと同じく、わたしたちは北条との友情を大切に考えています。仮に北条が亡くなっているのなら、わたしはその最期を知りたいのです」

　上杉は気持ちを込めて言葉を重ねた。

「お気持ちはよくわかりました」

　周天佑は大きくうなずいた。

「では、ティファニーの居場所をお教え下さいますか」

　気負い込んで上杉は訊いた。

　だが、周天佑は静かに首を横に振った。

「どうかお助け頂きたいのです」

　頼み込む織田の顔は、真剣そのものだった。

「残念ながら、お気持ちにはお応えできません」

　眉間《みけん》にしわを寄せて、周天佑は言葉を続けた。

「わたしは契約をしました。彼女に隠れ家を提供すると……。契約を破って、あなた方にその場所をお教えすることはできません。それは信義にもとる行いです」

「ですが、相手はあなたを脅迫したのですよ」

　上杉は詰め寄った。

「たとえ脅迫によるものであっても、契約した以上はそれを守らなければならない。わたしにとって、信用は生命《いのち》よりも大切なものです。わたしは『一諾千金《いちだくせんきん》』を信条として生きております」

「『一諾千金』ですか……」

上杉の知らない言葉だった。

「楚人《そひと》の諺《ことわざ》に曰《いわ》く、黄金百斤を得るは、季布《きふ》の一諾を得るに如《し》かず……。『史記』にある言葉ですね」

織田はこういう故事成句をよく知っている。

「そうです。楚の国の季布という男は、信義篤《あつ》い任侠《にんきょう》でした。一度、引き受けたことは絶対に守り、楚の人々から『黄金百斤を得るより、季布の承諾を得るほうが価値がある』と言われたのです。わたしは常に季布のように生きたいと願っております。わたしがこの街で三十年生きてこられたのは、どんなに小さな約束もないがしろにしなかったからです」

周天佑の意思ははがねのように堅かった。

相手は《ディスマス》だ。契約書をかわしているわけでもないだろうに、この律儀さはまさに『一諾千金』の男だ。

もちろんそんな気はなかったが、周天佑の身柄を根岸分室にでも引っ張って、ティファニーの隠れ場所を自白させようとしても無駄だろう。

絶対に真実を吐くことはないだろうし、なんらかの手段を使ってティファニーを逃がしてしまうかもしれない。話はこじれてゆくだけだ。

それに自分たちはティファニーを逮捕したいわけではない。北条の消息を知りたいだけなのだ。

「あなたに心ばかりのお礼を用意しましたが、無駄なようですね」

上杉は周天佑の目をじっと見た。

「わたしの信用は、どんなに高額であってもお売りできませんよ」

皮肉な調子で周天佑は答えた。

「周さんのような信義に篤い方を金で動かせるとは思っていません」

上杉の本音だった。

「ほう、そんなにわたしを買って下さっているとは」

今度の言葉に皮肉は感じられなかった。

「わたしも警察官です。話していれば、あなたがどんな人間なのかはわかります」

「恐れ入ります」

周天佑は頭を下げた。

「わたしたちを信用して下さったお礼に、この街のどこかで開かれている違法賭博《とばく》についての情報を差し上げましょう」

周天佑の心を動かすことができるかどうかはわからなかった。だが、上杉はわずかな可能性にも賭《か》けてみたかった。

「上杉っ」

織田が肩をつかんで制止した。

「九月五日に神奈川県警の捜査官が、この街の違法賭博の手入れをする予定です。事前に対策を取られたほうがよいでしょう」

　上杉はさらりと言ってのけた。

「馬鹿な……」

　織田はうめき声を上げた。

「そんな情報をわたしに下さるとは」

　周天佑は喉《のど》の奥でうなった。

「あなたの役に立つかと思って、無理やり入手した情報です。それ以上、詳しいことはわかりません」

「ああ、大変にありがたい」

　周天佑は顔の前で両手を合わせた。

「お役に立ててよかったです」

「上杉さんのおかげで多くの者が救われます。しかし、あなたの警察官としてのお立場が悪くなりましょう？」

「気にしないで下さい。もともと上司の覚えめでたい人間ではありません」

　上杉は苦笑いで答えた。

「あなたを盧大人が信頼なさった意味がよくわかりました」

　周天佑の声は大きく震えていた。

「ちょっとお待ちを」

周天佑は立ち上がって、机へと歩み寄った。

「お気持ちに応えるために、これをお貸ししましょう」

戻ってきた周天佑は、一台の小ぶりなスマホを手にしていた。

「もしやこれは……」

織田の胸は弾んだ。

「そうです。ティファニーが送りつけてきたスマホです。すでに隠れ家は提供しました し、報酬は台湾にわたしが持っている金融機関の口座に振り込まれました。この電話はわたしにはもう用のないものです」

「ティファニーとの契約は大丈夫なのですね」

織田がくどく念を押した。

「ティファニーからこの電話をどうせよという話は聞いていません。つまりこの電話はわたしたちの契約内容には入っていないのです。あなたたちにお貸ししたとしても、わたしは契約を破ったことにはならない」

周天佑の理窟《りくつ》は、上杉にはおもしろく感じられた。

「ありがたくお借り致します」

上杉は手を伸ばしてスマホと充電器を受け取った。

アメリカのブランドだが、日本国内で販売しているふつうのＳＩＭフリースマホだった。

「正直言って、二度とティファニーとは話したくはないですからね」

　周天佑は小さく笑った。

「電話はティファニーから一方的に掛かってくるだけなのですか？」

　上杉は気になっていたことを尋ねた。

「そうです。こちらから掛けても、電話に出ることはありませんでした。ショートメールもこちらからの呼びかけには返信してきません。だから、電話をお貸ししてもお役に立たないかもしれないのですが」

「この電話の使い道はきっとあるはずです。周さんには感謝しています」

　上杉は頭を下げた。

「電話のことは別として、盧大人がご心配なさっていたように、ティファニーはあなたを害するかもしれません」

　織田は眉根《まゆね》にしわを寄せた。

「そうですね。彼女がこの横浜でどんな仕事をしているのかはわかりませんが、仕事が終われば、後腐れのないようにわたしを消すかもしれませんね」

　周天佑は淡々と答えた。

「この事務所に県警の警護をつけましょうか。あるいはお宅にも」

　上杉は警備部の小早川《こばやかわ》に頼もうかと思っていた。

「お気持ちは嬉《うれ》しいです。しかし、それはお断りします」

周天佑はきっぱりと断った。

「なぜですか？」

「わたしのような人間が警察に守ってもらったのでは、まわりの者に示しがつきません」

「しかし、危険ではありませんか」

「そのときはそのときです。わたし自身がどうなってもこの街を守れればかまわないのです」

周天佑はさわやかに笑った。

「盧大人からはあなたを守るようにと言われました」

「お気持ちだけありがたく頂戴《ちょうだい》いたします」

「本当によろしいのですね」

上杉は念を押した。

「せっかくですが、警備の件はお断りを申します。ご用はお済みになりましたね」

そろそろ退出しなければならない。

「本日はまことにありがとうございました」

織田は丁重に礼を述べた。

「周さん、あなたに会えて本当によかった。スマホをお返しに伺いますが、またお目に掛かるのを楽しみにしております」

「スマホは店長にお返し頂ければけっこうです。立派な警察官のお二人が、わたしのような者と関わり合いになるのはおよろしくありませんよ」

周天佑は恬淡《てんたん》と答えると、インタフォンで店長を呼び出した。

ふたたび握手を交わし、店長に案内されて上杉と織田は地下事務所から店に上がっていった。

店内には会社帰りのサラリーマンや観光客らしきカップルなど、十名ほどの客が食事をしていた。

【3】　@二〇二〇年九月一日（火）

南門シルクロードは店に入る前の数倍の観光客で賑《にぎ》わっていた。

あたりは薄暗くなり始め、通りの店々の灯《あか》りがまぶしかった。

「しばらく中華街に張りつきたいので、今日からホテルを借りてあるんだ」

織田は思いも掛けぬことを口にした。

「用意のいいことだな」

「おまえには根岸分室があるが、わたしは都内だからな。いちいち横浜まで来るのは面倒だし時間が掛かる」

「では、そのホテルで電話の使い方を考えよう。どこにあるんだ？」

「まったくの偶然なのだが、南門シルクロード沿いだ。ほら、あそこだよ」

織田が指さしたのは三十メートルほどしか離れていない《ホテル・リパブリック》だった。新しくきれいなシティホテルである。

「そいつは都合がいい」

上杉はホテルを目指して歩き始めた。

チェックインして、エレベータで最上階に向かい、真新しく広めのシングルルームに入った。

織田らしくゆとりのある部屋だった。壁際には来客用の小さなソファまで備えられていた。壁のクロスからなのか樹脂の匂いが漂っている。

窓辺に立つと、南門シルクロードが見下ろせた。灯りの入った《朱雀楼》の看板が見えるのがなんだか不思議だった。

廊下の自販機のコーヒーでひと息ついた織田は、ベッドに腰を掛けて周天佑から借りたスマホをいじり始めた。

「やっぱりだ……」

すぐに織田はつぶやくように言った。

「どうした？」

「我々の位置情報は、ティファニーにキャッチされている」

「そうか、こっちのGPS情報をキャッチされる設定になっているんだな」

「ああ、ティファニーは周天佑にこの端末を送りつける前に、GPS情報の受信を許可する設定にしておいたんだ」

「となると、いまこの瞬間、あの窓から狙撃《そげき》されるかもしれないってわけだ」

上杉は部屋の窓を指さした。

「よしてくれよ」

織田はぶるっと身震いした。

「冗談だよ。そこまでの精度はなかろう。スマホのGPS精度は状況によって幅がある。たしか、最少では三メートルくらいだが、最大では百メートルにも達するらしいぞ。隣の部屋と間違えたらまずい。いくらティファニーでもそんな適当には狙撃して来ないだろう」

「脅かすなよ」

織田は頬をふくらませた。

「ははは、スマホは織田が持っていろ。根岸分室に持っていったらすぐにバレて、相手が妙な動きをするかもしれない。だけど、中華街にいる限り、周さんが手放したことには気づくまい」

「うかつに中華街からは出られないな」

「広東料理、北京料理、四川《しせん》料理と、しばらく中華三昧《ざんまい》で暮らせよ」

織田は露骨に顔をしかめてから画面を見つめた。

「この許可設定を取り消すわけにはいかないよな」

「そんなことをすれば、ティファニーは怪しむに違いない。それこそ周さんが危険にさらされる」

「そうだな……だが、我々の居場所は常に監視されることになる」

「仕方がないさ。入れっぱなしにしておくべきだ」

「わかった」

織田はうそ寒い顔をした。

一流のスナイパーに、このスマホが自分たちの居場所を刻々と告げていると思うと、たしかに緊張する。人気《ひとけ》の少ないところに出れば、このスマホを目当てに狙撃してくることも可能だ。

「念のために訊《き》くが、こちらの端末は相手のＧＰＳ情報をキャッチできない設定なんだな」

「もちろんそうなっている。この端末はティファニーに一方的に監視されている」

「ま、あたりまえの話だな」

「とにかくこのスマホの使い道を考えなきゃならない」

「そうとも、世界中に聞き込みにまわって、ようやく手に入れた貴重な手がかりだ」

「なんだか、刑事らしい言い方だな」

「俺は刑事だ」

織田は失笑した。

二人はソファに座ると、電話の使い道についてディベートを始めた。

「神奈川県警にスマホ端末やSIMカードの入手先を洗ってもらうか」

織田の提案は無意味に感じられた。

「国際的に有名な犯罪者が、そんなに簡単に足がつくような電話を使っているはずがないだろう。両方とも盗難品かもしれないし、無駄な話だよ」

「それもそうだな」

織田は肩をすくめるポーズを見せた。

「とりあえずこちらから電話してみたらどうだ？」

上杉の提案に織田は眉根《まゆね》を寄せた。

「ティファニーが出たらなんと言うんだ」

「うーん、簡単にデートしてくれそうな女じゃないからな」

「馬鹿なこと言ってるなよ……でも、発信基地局が特定できるか」

「そんなの決まってるじゃないか。このホテルと同じ基地局だよ」

「たしかにそうだ。ティファニーは中華街のなかに隠れているんだからな」

「ティファニーを逮捕するのが目的なら、刑事部にハッパ掛けて人海戦術で捜査する手もあるんだがな」

「国際手配されていないし、令状は取れない」

「やはり電話を掛けてみよう」

「相手が出たらどうする？」

「北条を知ってるかと訊いてみるさ」

「おい、慎重さを欠いてるぞ」

制止する織田を無視して、上杉は発信ボタンをタップした。

だが、何度コールしても電話には誰も出なかった。

「ダメだな……周天佑も電話には出ないと言っていたが」

十数回発信ボタンのタップを繰り返して、上杉は電話を掛けるのをあきらめた。

「ショートメールをしてみようか？」

「そうだな、電話と違ってショートメールなら、間違いなくこちらの意思は相手に伝わるな。だが、なんとメールするんだ」

「そのものずばり、北条直人の消息を知ってるか？　って書くのさ」

上杉の提案に、織田は顔の前でせわしなく手を振った。

「おいおい、そんなメールに、ティファニーが返信するわけないだろ」

「そうかな」

「仮に北条のことを知っていたとしても……北条を攻撃していたとしても……ティファニーは無視するだろう」

「じゃあ、織田ならなんてメールを送るんだ？」

「うーん」

織田はうなり声を上げて腕組みをした。

「たとえば、あなたにお仕事を依頼したいですって送ったとする。この電話を持っているのは周天佑だとティファニーは知っているわけだから怪しむだけだ。周さんに危険が及ぶだけじゃないか」

上杉が畳みかけると、織田はしんみりとした調子で答えた。

「周さんは、そんなリスクを百も承知の上で、電話を貸してくれたんだよ」

「我々がどんなメールを送っても周さんには迷惑が掛かるな。やっぱり警備の警察官をつけるように手配するか」

「はっきりと断られたじゃないか」

「だから、本人には気づかれないように、ひそかに警備するんだよ」

「やめといたほうがいい」

織田は首を横に振った。

「だが、俺たちが動くことであの人に危ない思いをさせたくない」

上杉の思いだった。

「だけど、警備なんてつけたら、かえって周さんを危険にさらすことになる」

織田は真剣な口調で言った。

「意味がわからん」

「警備をつけるとなると、周天佑の名前を刑事部か警備部に告げなきゃならんだろ？　とくに警備部の公安か外事に知られてみろ。あの人は死ぬまで誰かに監視される」

「そうか……」

影のように忍び寄って人を監視する。公安警察というのは、そんな不気味な存在だ。

「警察組織には上杉のようにお気楽な警察官はいないんだよ」

「べつに俺は気楽じゃないさ。しかし、なかにはヘマをやって中国人系やほかの闇組織に気づかれる馬鹿な警官もいるかもしれないな。そうなると、どこかの組織が周さんを消そうとするかもしれない……」

「そういうことだ。今回の一件が片づいたら、周天佑という人物のことは我々の記憶から消し去ったほうがいい」

「織田の心配していることがよくわかったよ」

上杉は旗を巻いて、さっきと同じ提案を繰り返した。

「やはりショートメールを打とう」

「北条の消息を尋ねるのか？」

「そうだ。ティファニーの反応があったらしめたものだ」

「パリから始まった生命《いのち》がけの旅で、我々が得たものはこのスマホだけなんだからな」

「ま、そういうことだ」

「これは大きな賭《か》けだな」

「おい、織田。パリに向かったその日から、俺たちは賭けに出ているんだ。いまさら、怖《お》じ気《け》づいたって仕方がない」

「わかっているが、GPSのことを考えると不安でならない」

「そんなメールを送ったら、ティファニーは周さんではなく、このスマホの所持者を狙うだろうな。織田が狙撃《そげき》されるかもしれない」

「気楽に言うなよ。ティファニーに撃たれるなんてわたしはごめんだ」

織田は身震いした。

「そうだ、織田、おまえに警備をつけてもらうか」

上杉の提案に織田は冴《さ》えない顔で首を横に振った。

「いや……現時点では我々の秘密捜査の具体的状況を警察庁《かいしゃ》に知られたくない」

「どこまで報告しているんだ？」

上杉は出国してから一回も刑事部長とは連絡を取っていなかった。

「サンフランシスコまでだ。まだ、警察庁は我々がサンフランシスコにいると思っているだろう」

「あのモロッコでのドンパチは報告したのか」

「そんなこと報告できるわけがないだろ。最終的な報告書もマズい部分は伏せるよ。たとえば、周さんのことは書かない」

「織田にもそんな融通の利くところがあったんだな」

上杉は妙なところに感心した。

「わたしはそんなに馬鹿じゃないぞ」

織田はまじめに怒っているようだった。

「だが、帰国したことはまだ報告していないんだな」

「ああ、報告は四、五日に一度でいいことになっているからな」

「どうしてそこまでこだわるんだ？」

「警備局長にいままでの経緯を報告しなければならなくなる」

「するとどうなる？」

「北条を捜せという命令が取り消されたらどうするんだ？」

「そんなもの無視すればいいじゃないか」

上杉にとっては当然の話だったが、織田は二の句が継げないという顔をした。

「だから、上杉はお気楽だと言うんだよ。命令違反ができるわけがないだろう」

「ほう、そんなものかね」

「おまえとじゃ話にならない」

織田のあきれ顔を見て、上杉は話題をもとに戻した。

「スマホのGPSキャッチ許可を取り消してから、ショートメールを打つ手もあるな」

「うーん、それはそれで、いろいろと問題があるな」

意外や、織田は難色を示した。

「周さんのことは心配しなくていいんじゃないか。さっきも言ったが、メッセージを送った瞬間、ティファニーはスマホを持っている人間にターゲットをシフトするはずだ」

「いや……こちらの位置をティファニーが捕捉《ほそく》しているということは、あっちから接触してくる可能性もあるわけだろ」

「たしかにそのとおりだ」

「この許可はいったん取り消すと、もう一度相手の携帯から申請してもらわないと復帰できない仕組みになっているんだ」

「つまりおまえは囮《おとり》になってもかまわないと言ってるんだな？」

「北条の消息に迫るためには避けて通れない危険だろう」

「意外だな」

「なにがだ？」

「織田にもそんな肝の太いところがあるとはな」

「失礼だぞ」

　織田はむくれた。

「そろそろ打つか」

「そうだな、文案を考える」

「ＧＰＳを入れたままで、メッセージを送るのは不安だよ。しかし、メッセージを送らなければ、なにもしていないのと同じだからな」

この部屋に入ってすぐに十数回も電話をしたが、ティファニーからの反応はなかった。

「俺たちの名前は入れないぞ」

「あわてて入れなくていいだろう。反応があってから考えればいい」

——北条直人の消息を知りたい。彼が生きているか教えてほしい。

「これでいいな？」

織田はスマホを渡した。

「ああ、これでいい……送るぞ」

上杉が送信ボタンを押した。

まずは日本文で、続けて英文で送った。

当然のように返信はなかった。

いつまでもスマホは沈黙していた。

織田はなにかを言いたくて言い出せないような顔をしている。

「なにかあるのか？」

「部屋を変えてもらおう。ツインルームをとるよ。一緒にいてくれ」

思い切ったように織田は言った。

「一人お泊まりはまだ無理か？」

上杉のからかいに織田はムッとした顔を見せた。

「おまえとなんてお泊まりしたくないが、やはり一人で夜を過ごすのは不安だ」

織田は額を曇らせた。

そう言えば、サンフランシスコまでいつも二人で泊まっていた。どのホテルも織田が押さえた広々とした部屋だった。

織田は上杉のいびきを嫌がったが、生命には代えられぬとあきらめたようだった。

「わかったよ。とりあえず今夜はここに泊まることにする」

「ありがたい。耳栓は持って来てるから大丈夫だ」

「おまえ……意外と性格悪いな」

「上杉に言われたくない」

二人は同じ階の並びにあるツインルームに移った。

前の部屋と同じような作りだったが、二・五倍くらいの広さがあり、ソファも四人掛けとなっていた。

ショートメールを送ってから一時間が経過した。

上杉も織田もベッドに寝転んで無為な時を過ごしていた。

ソファのカフェテーブルに置いたスマホは相変わらず沈黙している。

いまはただ、相手の反応を待つしかない。

手持ち無沙汰《ぶさた》だった。

「飯でも食いに行くか」

身を起こした上杉の言葉を遮るように、スマホが鳴動した。

奇妙な着信音がツインルームに鳴り響く。

「来たぞ」

上杉はカフェテーブルへ視線を向けた。

ゆっくりと点滅しているＬＥＤの輝きが目に痛く感ずる。

「ああ……来たな」

織田は声を震わせてベッドから起き上がってスマホを手にした。

上杉も起き上がって、カフェテーブルへと歩み寄った。

「メールだ」

かすれ声で言いながら、織田はディスプレイを見せた。


――おまえは誰だ？


日本文だった。

「どうする？」

織田の声が震えた。

「名乗るしかあるまい」

上杉の答えに織田はかすかにあごを引いた。

——上杉と織田という日本人だ。北条直人の消息を追っている。

「これでいいな？」

「返信してくれ」

織田は送信ボタンをタップした。

スマホは沈黙した。

十五分も経った頃だった。

ふたたび着信音が鳴った。

織田は画面を見せた。

——タクシーくらいの4ドアセダンを用意しろ。運転席と後部座席右側に一人ずつ乗って水町通《みずまちどお》りを進み、午前零時にホテル・メルパルク横浜の裏手に来い。現地に着いたら知らせろ。あらためて指示する。

「OKするほかないな」

上杉の言葉に織田はスマホをタップした。

――了解。

すぐに着信音が鳴った。

――頭を撃ち砕かれたくなかったら、武器を持ってくるな。

――承知した。

ふたたびスマホは沈黙した。

「いよいよご本尊の登場か……」

さすがに上杉の胸は弾んだ。

「ティファニーが現れるのだろうか？」

織田の声は張り詰めていた。

「彼女に部下がいるなら、本人は近くのビルから狙撃《そげき》態勢で待機しているだろうな」

「頭を撃ち抜かれたくなかったらというのは物騒だな……上杉は拳銃《けんじゅう》を持って来ているのか？」

織田は捜査官ではないので、国内で拳銃は所持していない。

もっとも射撃の腕も当てにはならないが。

「いや、根岸分室の保管庫のなかに置いてきた」

「武器を持つなと言う指示に従うつもりか」

「こういう場合は、無駄な抵抗をしないほうがいいだろう」

「二人そろって頭を撃ち抜かれるかもしれないぞ」

「そのときはそのときだ。潔くあきらめよう」

言葉とは裏腹に、上杉はティファニーがすぐに自分たちを殺すとは思っていなかった。

「わたしはまだ死にたくはないぞ」

「すぐに殺すつもりならクルマを用意しろとは言わないはずだ。何時にどこそこへ来いと指示すれば、遠方から狙撃できる。こんな念の入った指示を出すからには、ティファニーは自分たちとの接触を望んでいるとしか思えん。俺たちの正体を知りたいんだろう」

「それならいいんだが……」

「だが、俺たちの正体や目的を知った瞬間に、ズドンはあり得るな」

「あんまり脅かすなよ」

「いままでだって危険な目に遭ってきたんだ。とにかく先へ進まなければならないだろ」

織田は小さくうなずいてスマホをタップした。

「レンタカーは石川町《いしかわちょう》の駅前で借りられる。このホテルから数百メートルだ」

「しかし、4ドアのセダンとは芸が細かいな」

「どうして車種まで指定してきたんだ？」

「セダンのほうがこちらの自由がきかないからな」

「どういう意味だ？」

「なぜ、ほとんどのパトカーが4ドアセダンなのかわかるか？」

「そうか……後部座席に乗せた犯人を動きにくくするためか」

「そのとおりだ。たとえば、ミニバンだと車内が広いから、犯人は暴れやすくなる」

「周到な相手だな」

「だからこそ生き残ってこられたんだろう。ところで、腹が減っては戦ができぬ。時間はあるんだ。飯を食いにいこう」

「こんなときによく飯が食えるな」

織田はあきれ声を出した。

「むかしの武士は戦の前にはできる限り何かを口にしたそうだ。過食はしない、だが空腹で戦に臨まない。実に合理的だよ」

「ごたくを並べるな」

「とにかく飯だ」

「わかった。出かけよう」

織田はしぶしぶ立ち上がってジャケットを羽織った。

第四章　北条直人の軌跡

【1】　二〇二〇年九月二日（水）

午前零時十分前。上杉と織田は指定された水町通りのホテル・メルパルク横浜の裏手にいた。

「なるほど、いい場所を選んだな」

運転席から周囲を眺めて、上杉は驚きの声を上げた。

「たしかにまったく人気《ひとけ》がない」

後部座席の右側で織田が答えた。

マリンタワーと横浜人形の家に挟まれたホテルの裏側には小さな通用口があるだけで窓ひとつない。一方通行の水町通りを挟んだ反対側は国の横浜地方合同庁舎だが、完全に照明が消えていた。

みなとみらい線の終点、元町《もとまち》・中華街駅から百メートルほど、山下公園から一歩入っただけの場所だ。深夜にこれほどの静けさを保っているとは驚きだった。

付近には駐停車している車両も見られなかった。

「ホテルか合同庁舎の屋上から狙われたら一発だな」

「よしてくれ」

織田はうめくように答えた。

零時ちょうどにショートメールを送った。

——指定場所に到着した。

すぐに着信音が鳴って、ＬＥＤがまぶしく光った。

——車種とカラーを言え。

——トヨタ・マークＸ。カラーは黒だ。

返信はなく、銃も発射されなかった。

何分経ったのか。上杉には無限に長い時間に感じられた。

突如、インサイドミラーを人影がかすった。

後部の車道側のドアが開かれ、何者かが乗り込んできた。

「クルマを出せ。従わないと撃つ」

低く押し殺した声が響いた。

男だ。

上杉はイグニッションをまわした。

「早く出せ」

「わかった。撃つな」

答えながら、アクセルを踏み込む。

マークXは水町通りを県道山下長津田線の方向へと静かに進み始めた。

「よし、左に曲がれ」

上杉の胸は大きく拍動した。

この声には聞き覚えがある……。

「ほ、北条なのか？」

織田も気づいたようだ。

「生きていたんだな」

上杉の声も震えた。

「話は後だ。新山下《しんやました》出入口から狩場線に入って湾岸《わんがん》線に向かえ」

上杉はステアリングをしっかり握りながら、インサイドミラーを覗《のぞ》き込んだ。

黒いシャツを着てディスポマスクで顔を隠してはいるが、ナトリウムランプでオレンジ色に照らされている目元にも見覚えがあった。

北条、やはり北条だった。

北条は生きていた！

全身を喜びが包んだ。

だが……。

この状況は、いったいどういうことなのか。

山下公園通りを新山下方向に向かいながら、上杉の頭は混乱していた。

「北条、いったいどうして、わたしの腹に銃を突きつけているんだ」

織田がカチカチと歯を鳴らしながら訊《き》いた。

「とにかく高速に乗れ。話はそれからだ」

北条は早口で答えた。

本牧ジャンクションから湾岸線に乗ると、目の前に青い光でライトアップされたベイブリッジが迫ってきた。

「湾岸線に乗ったぞ。ディズニーランドにでも行くつもりか」

上杉は背中で北条に呼びかけた。

「どうして、おまえたちが、メールを送ってきたんだ？」

北条はいくぶん落ち着いた声で尋ねた。

「わたしたちはおまえのことを心配して世界中を駆け回ったんだぞ」

織田の声は震えていた。恐怖ではなく怒りに震える声だった。

「なんだって？」

北条の声は裏返った。

「おまえは五月にマルセイユで行方不明になったじゃないか。わたしと上杉は心配でならなかった。おまえの部屋でハブリエル・ゼンデンの贋作《がんさく》フェルメールを見つけたわたしたちはパリに飛んで、ブリュノ・レジェに会ったんだ」

「本当なのか」

こちらは驚きに震える声だった。

「嘘をついてどうする」

「レジェからおまえが《ディスマス》という犯罪組織を追いかけていることを聞いて、ミラノへ飛んだ。《ディスマス》の情報を持っているというフランチェスコ・シモネッティと会うためだ。シモネッティは俺たちの目の前で爆殺されたよ」

「シモネッティは死んだのか」

北条は乾いた声を出した。

「ああ、マフィア同士の抗争と報道されている。シモネッティから得た情報でわたしたちは、モロッコのメルズーガに行ったんだ」

「ゴルジェイ・ムラノフか……」

「そうだ。ムラノフから《ディスマス》の情報を持っている盧承徳の名前を知った。だが、ムラノフは何者かに襲われた。ヤツはたぶん死んでいる。俺も織田ももう少しで吹っ飛ばされるところだったんだぞ」

上杉の語気は激しいものとなった。

「ムラノフも死んだか」

北条はのどを詰まらせて答えた。

織田は話を続けた。

「ムラノフから得た情報でサンフランシスコへ渡り、《朱雀社》のボスだった盧承徳に会った。盧承徳はおまえがティファニー・ヤンというスナイパーを追いかけていることを教えてくれた」

「それでわかった。日本へ戻って中華街の周天佑からスマホを借りたんだな」

「そうだ。そのスマホからメールを送ったら、おまえが現れた。これはいったいどういうことなんだ。わけがわかるように説明してくれ」

上杉はつよい口調で詰め寄った。

しばらく北条は黙っていた。

ベイブリッジを渡ったマークXは大黒埠頭《だいこくふとう》から扇島《おうぎしま》へと進んでいた。

光り輝くコンビナートと倉庫群が車窓を流れてゆく。

「なぜ……そこまでして、俺を捜そうとしたんだ」

うめくような北条の声だった。

「友だちじゃないか」

織田は静かに答えた。

「だからって生命《いのち》がけで俺を捜さなくてもよかったんだ」

後部座席から響く北条の声は泣いているようにも聞こえた。

「織田はなぁ、生命の恩人のおまえを助けたいって言って、俺を巻き込んで世界中を引っ張り回したんだぞ」

上杉は腹立ちを言葉に乗せて北条にぶつけた。

「栗駒のことか……」

北条はつぶやいた。

「そうだ、あの夏の日、北条が助けてくれなければ、いまわたしはここにはいない」

織田はやわらかい声で答えた。

「そうか……そうだったのか」

北条は詠嘆するような声を出した。

「だから、北条。おまえは俺たちにすべてを話す義務がある」

上杉は厳しい口調で決めつけた。

マークXは時速九十五キロ前後を維持していた。

快調なエンジン音と風切り音が響く。

北条がふたたび口を開いたときには、川崎航路トンネルに差し掛かっていた。

「いい加減、友だちの腹に銃口を突きつけるのはやめてくれないか」

織田は気軽な口調で頼んだ。

「すまんすまん、つい……」

北条は素直に銃を引っ込めた。

「ようやく息がつけたよ。話を聞かせてくれ」

「今年の四月のはじめ。俺は警視総監に呼ばれた。さすがに俺クラスが警視総監と会うことは滅多にない。緊張しまくって総監室に行った。すると、総監の横には警察庁長官官房長までいるんだ。俺は肝をつぶした」

「それで、どんな用件だったんだ？」

上杉は先を急《せ》かした。

「アメリカ合衆国政府から日本国政府に対して警告があったというんだ。『ある犯罪組織によって合衆国と日本の安全を揺るがす大型犯罪が計画されている。日本政府も警戒を強めてほしい。犯罪組織は、現在、フランスで準備を進めているとの情報も入った。新たなことがわかったら連絡する』という内容だった」

「そんな抽象的な警告に対応しようがないじゃないか」

上杉は合衆国政府に腹を立てた。

「その通りだ。だから、警察庁と警視庁はフランスの犯罪事象に詳しい俺に、現地に行って情報収集してこいと命じた。旅費もじゅうぶんに用意された。まずパリに行って、レジェに会って《ディスマス》の名をつかんだ。俺はいったん帰国して《ディスマス》に関する情報収集につとめた。だが、国内ではどんなに手を尽くしても、ひとつとして有力な情報は得られなかった。俺は、レジェから聞いた贋作絵師失踪の線を追うことにしてふたたび渡仏した。マルセイユでハブリエル・ゼンデンが失踪《しっそう》したときの状況を調べた」

「なぜ、マルセイユで姿を消したんだ？」

「《ディスマス》が危険極まりない組織だと知ったからだ。彼らはハブリエル・ゼンデンの妻を誘拐して、自分たちの組織に力を貸すようにゼンデンを脅迫していた。俺が《ディスマス》を探っている警察官であることが連中に知られたら、俺の家族にも魔手が伸びるかもしれない。そう思ったんだ」

「たしか、お母さんがご健在だったな」

「そうだ。お袋はいま盛岡郊外の介護老人保健施設に入所している。また、妹一家も盛岡にいる。家族が危険にさらされることだけは避けたかった」

「だが、北条のフランスでの諜報《ちょうほう》活動が日本のご家族にまで累を及ぼすのか」

上杉の言葉に北条はゆるゆると息を吐いて答えた。

「ほかの贋作画家の失踪事件を調べていてわかったんだが、フランス政府の官僚にも

《ディスマス》の協力者がいたんだ。彼らは世界的な組織だ。日本政府や日本の警察組織内に《ディスマス》の協力者がいないという保証はない。わかったことを逐次的に報告したら、協力者によって《ディスマス》にリークされるおそれがあると考えたんだ。そんなことになれば、俺が消されるか、悪くすると家族が危険な目に遭うことになりかねない。だから、俺はある程度まとまったデータを収集して帰国できるまでは、日本への報告をやめた」

「行方不明になったいきさつはよくわかったよ。しかし、三ヶ月以上も連絡なしでは多くの人が心配するってことがわからなかったのか」

織田の声には怒りがにじんでいた。

「続きを聞いてくれ。《ディスマス》の名は浮かんだものの、その実像はまったくつかめなかった。必死でフランス中を駆け回ったが、贋作画家失踪事件は単に《ディスマス》の資金稼ぎだとわかった。それから俺は《ディスマス》の情報を探して、ミラノ、ミュンヘン、マラガとヨーロッパ中を駆け回った。《ディスマス》の実態はシモネッティからある程度聞くことができたが、日本やアメリカで進めている大型犯罪については少しもわからなかった。その頃はまだスペインのマラガに潜伏していたムラノフに盧承徳を紹介されて、合衆国に渡ってようやく、日本に危害を加えるおそれのある犯罪計画がティファニー・ヤンらによって進められていることがわかった。実はティファニーはこの計画のリーダーだった」

「ティファニーは《ディスマス》に雇われた殺し屋ではないのか」

織田は驚きの声を上げた。

「彼女は中心的メンバーの一人だ。《ディスマス》のメンバーであることを隠すために、あえてほかの犯罪組織からの請負仕事をすることもあるんだ」

「そうだったのか……」

マークXは川崎浮島《うきしま》ジャンクションへ近づいていた。

「おい、このままディズニーランドまで行く気か？」

上杉は背中で訊いた。

「川崎線から横羽《よこはね》線に入ってくれ」

「開園まで待って、空《す》いている時間にスプラッシュ・マウンテンに乗ろうなんて言い出すかと思ってヒヤヒヤしたぜ」

くだらないギャグに二人は反応しなかった。

ジャンクションのゆるいカーブから、マークXは川崎線へと乗り入れた。

「とにかく俺はティファニーに接触しようと必死だった。ティファニーはニューヨーク生まれの生粋のアメリカ人だが、容姿は東洋人だし、中国語も自由に話せる。チャイナタウンに潜伏している可能性がつよかった。俺は盧承徳に紹介状を書いてもらって合衆国のあちこちに存在するチャイナタウンを訪ねて、闇社会の顔役たちに会った。ロサンゼルス、オークランド、フィラデルフィア、ニューヨーク、シカゴだ。すると、シカゴのチャイナタウンを出たときに俺は何人かの男たちの手によって誘拐された」

「ティファニーは、シカゴに潜伏していたのか」

織田の問いにミラーのなかの北条はゆっくりとうなずいた。

「俺はクルマに押し込まれ、目隠しをされてどこかへ運ばれた。サウスシカゴに位置するサウス・サジナウ・アベニュー沿いの小ぎれいな一軒家で俺を待っていたのは、なんとティファニー・ヤンだった。俺がチャイナタウンでティファニーの情報を嗅《か》ぎ回っていることが《ディスマス》に漏れたんだよ」

「よく殺されなかったな」

上杉は驚きの声を漏らさざるを得なかった。

「ティファニーは俺を利用したかったんだ。《ディスマス》は、たしかに日本国内で大型犯罪の準備をしようとしていた。俺は日本の警察官僚だ。しかも警視庁の公安部にいる。ティファニーは、俺に銃を突きつけて、日本の警察機構や警備の実態などを聞き出そうとした」

「喋《しゃべ》ったのか」

上杉の声は尖《とが》った。

「要所要所をぼやかしながら喋った」

「誰だって銃を突きつけられたら抵抗できないだろ」

織田は同情を込めた声を出した。

「俺は日本に帰ればもっと多くの情報を提供できることをわずかに匂わせた。ティファニーは俺を殺さずに、日本まで連れて行こうとしていた。言うまでもなく、作戦の実行にいろいろと役に立つからだ。俺は抵抗するフリをした。殺せと何度もわめいた。だが、俺からすべての情報を引き出すまでは絶対に殺さないと踏んでいた。だから、殺せとわめき続けたんだ。すると、ティファニーはどうしたと思う？」

「ママみたいに頭でも撫《な》でてくれたか？」

「茶々を入れるなよ、上杉」

織田があきれ声で制した。

北条はやはり公安警察の人間だ。人の心理を巧みに操るこうしたやり口は上杉には不気味に感じられた。だが、茶々を入れるべき場面ではなかった。

「すまん……先を続けてくれ」

「ティファニーは俺に《ディスマス》の理想を説き始めたんだ。この地球に住む人々は先進諸国のごく少数の富裕層のために常に犠牲となっている。発展途上国の自然環境はいいように破壊され、各地で戦争が起こされている。たくさんの無辜《むこ》の民が貧困と病に苦しんでいる。シリア、アフガニスタン、南スーダンのダルフール、ソマリア、ミャンマーのロヒンギャ、世界各地でたくさんの人々が村を襲われ、家を焼かれて難民となっている。ほとんどは、金融覇権と呼ばれる合衆国をはじめとする大国のエゴが生み出した悲劇だ」

　正しい側面は多々あるが、上杉は素直にうなずけないものを感じていた。

「そんなに簡単な話じゃないだろう。世界の諸問題には宗教や民族、思想をはじめたくさんのファクターが存在するんだ」

「いや、俺は国際政治学の話をしたいわけじゃない。とにかく《ディスマス》は、ゆとりある先進諸国から金品を奪って飢えや病に苦しむ人に配ることを目的に活動している。彼らは大国と貧困国との間で富の再分配を行っている正義の集団だと主張している」

「その話はシモネッティから聞いたよ。難民キャンプにヘリコプターを飛ばして医薬品や医療器具を落としているそうだな」

　織田は取りなすような口調で言った。

「それは活動のほんの一部だ。ありとあらゆる手段を使って《ディスマス》は金を集め、さまざまな方法で貧困国に支援をしている」

「なるほど、ティファニーは《ディスマス》の理想に共鳴したわけか」

　織田はやわらかい調子で答えた。

「ティファニーは三年前まで、ＣＩＡのインテリジェンスオフィサーだったんだ。彼女は合衆国の利益に忠実な諜報部員だった。だが、八年前に《ＵＮＨＣＲ》つまり国連難民高等弁務官事務所の職員として諜報活動を行っていたときに最初の疑問を感じたんだ」

「ＣＩＡはそんなところにも諜報員を送り込んでいるのか」

　上杉は舌を巻いた。

「ティファニーは、国連の難民支援活動が合衆国に不利な方向に進まないように暗躍していた。彼女はエルサルバドル、ホンジュラス、グアテマラ、メキシコの一部地域で発生している新たな難民の担当をしていた。この地域は、世界でもとくに女性の殺人率が最も高いといわれている」

「そんな地域があるのか」

「組織的で国境を越えた殺人グループによるレイプや暴行、強奪や脅迫が日常茶飯事で、数万人の女性が国外へ脱出している。これらの難民が庇護《ひご》を求めた場合、アメリカ合衆国は基本的に受け容《い》れている。だが、問題をあまり大きくすると、世界の世論が南米大陸の難民問題に積極的に関与しない合衆国に対して批判的になってしまう。彼女はＵＮＨＣＲのなかからそうした世論を封ずるために暗躍していた」

織田は嘆くような声を出した。

「なにせ、トランプ大統領はメキシコとの間に壁を作っていたわけだからなぁ」

「要するにＵＮＨＣＲも合衆国も、南米の不幸な女性たちを救えない。そのことにティファニーは怒りを覚えたんだ。ＵＮＨＣＲで世界中の難民の不幸を知った彼女に別の任務が下った。彼女は香港に異動になった。四年前のことだ。知っての通り、返還から六年後の二〇〇三年に制定された国家安全条例に反対する五十万人デモを契機として、中国政府はどんどん弾圧の度合いを高めていった。自由と民主への危機感から七百五十万人の香港の市民は、中国政府との対立を深めていった。二〇一二年に中国共産党を賛美する愛国教育が必修化されたことへの反発や、民主的な選挙を求める二〇一四年の抗議活動『雨傘運動』などによって対立は決定的なものとなった。ティファニーがＣＩＡを去った後だが、とうとう香港国家安全維持法が制定されて現在の混乱に到っている。ティファニーは中国政府による民衆弾圧を深く憎んだ。と、同時に両者の対立を煽《あお》ることにつながるような合衆国の秘密活動にも反発を感じた」

「ＣＩＡはそんな活動をしていたのか」

上杉は驚くほかなかった。

「決して不思議なことではないだろう。香港の混乱は、中国政府の人権蹂躙《じゅうりん》の姿勢を世界に宣伝しているようなものだ。合衆国政府にとって混乱を煽る工作は実に効果的だ。新疆《しんきょう》ウイグル自治区問題などと違って、情報網の発達した香港の混乱は逐一、世界中に発信されるからな」

二〇〇九年の新疆ウイグル自治区騒乱をはじめ、新疆ウイグル自治区で続いた官民衝突に合衆国が関与していたことは、資料の一部が流出して事実だと考えられている。香港で同じような工作活動が行われていたとしても不思議ではない。

「たしかに北条の言うとおりだ」

「日々、混乱の度合いを高めてゆく香港に身を置き続けることにティファニーは耐えられなくなった。彼女はついに故国である合衆国を見限り、ＣＩＡを裏切った。自分が正義の使徒と信ずる《ディスマス》に身を投じたわけだ」

「ティファニーの気持ちはわかるような気がする」

　上杉は鼻から息を吐いた。

「彼女が《ディスマス》を選ぶまでのいきさつと、選ばなければならなかった理由を、ひと晩じゅう聞かされたよ。俺は彼女に洗脳されたフリをした。《ディスマス》に共鳴する態度をとったんだ。もちろん、俺が果たさなければならない使命のためだ。彼女たちが日本で実行しようとしている計画をつかまなければならなかったからだ」

「つかめたのか」

　上杉の声は思わず大きくなった。

「具体的な行動は指示されている。だが、まだ肝心の目的がわからない」

「現時点でわかっているところだけでも教えてくれないか」

　上杉の言葉に、インサイドミラーのなかの北条ははっきりと首を横に振った。

「それはできない。ティファニーから得た情報は、俺が生命《いのち》がけで得たものだ。理解してくれ」

「そうか、仕方がないな」

「とにかく俺は、《ディスマス》の理想に共感した態度をとり続け、かたちの上ではティファニーの部下となった。つまり俺は《ディスマス》への潜入捜査をしているわけだ」

「おまえのいまの状況がよくわかったよ」

　上杉の言葉にミラーのなかで織田もうなずいた。

「ティファニーとその部下たちと一緒に、お盆休みの前に日本に到着した。周天佑の力で中華街にアジトも用意できた」

「アジトを教えてくれないか」

「いまはダメだ。もし、いまアジトを襲われたら、ティファニーは応戦して必ず逃げおおせるだろう。だが、計画をあきらめるとは思えない。急ピッチで実行するおそれがある。いまはティファニーを刺激したくない。もう少し時間が必要だ」

「どれくらいの時間だ」

「すでに計画は大詰めに来ている。そうだな……二、三日うちには探り出せるはずだ」

「計画の目的がわかったら、俺たちに連絡してくれ」

「わかった……ところで、ひとつ頼みがある」

北条の張り詰めた声が響いた。

「なんでも言ってくれ」

織田はやわらかく答えた。

「二、三日のうちに、必ず大きな動きがある。そのときに二人の力を借りたいんだ」

「もちろんだよ。なぁ上杉」

「俺たちにできることならなんでもするぞ」

「ありがたい」

「遠慮するな。わたしたちは友だちなんだ」

「いざというときに俺の居場所がわかるようにしたい。おまえらが周天佑から借りているスマホに設定させてくれ」

「つまりお互いに位置がわかるようにするってことだな。だけどいいのか？　ティファニーのスマホにそんなことして」

「二台とも俺が用意したスマホなんだ」

北条の言葉は意外だった。

「周天佑はそのスマホに、ティファニーを名乗る女の声で電話があったと言っていたぞ」

「ティファニーは用心深い。自分の電話は仲間内にしか使わない。あのときは貸したんだ」

「飛ばし携帯なんだろ」

「もちろんそうだ。今回の計画のために俺が日本の闇サイトから購入した。おまえらが持っている端末を出してくれ」

「わかった。設定してくれ」

北条はスマホをタップしてＧＰＳの設定をしている。

「おまえのアジトが俺たちにわかってしまうぞ」

上杉は不思議に思って尋ねた。

「緊急事態以外は、俺の端末のＧＰＳは切っておくよ。おまえらのＧＰＳは入れておいてくれ」

「仕方ない、おまえの提案を呑《の》むよ」

　上杉の言葉に北条は小さく笑った。

「いろいろ勝手を言ってすまんな」

「まぁ、いつか借りを返せよ」

「ああ、わかったよ」

「ところで、五月の頭に真田さんと会ったそうだな？」

　ちょっと不快そうな声で織田が聞いた。

「そうだ、パリへ向かう直前だ」

「なぜ、彼女と会ったんだ？」

「もし《ディスマス》が日本国内ですでに活動をしているとしたら、真田分析官の耳にも入っていないかと思ってな」

「彼女は神奈川県警の人間に過ぎないんだぞ。北条よりも詳しい情報を持っているはずがないだろう」

　織田の疑問はもっともだと上杉も思った。

「しかし、いままでも真田分析官は、きわめて特殊な事件で活躍している。本人にも言ったが、俺は事件が警察官を呼ぶと考えているんだよ。だから、彼女のところには特殊な事件が寄ってくるんじゃないかと思ってね」

「まさか……」

「ははは、まぁ、ワラにもすがる思いで会ってみたんだ……結局、成果はなかったがね」

北条は低い声で笑った。

「わかったような気がする。彼女はふつうの警察官じゃないからな」

織田は鼻から息を吐いた。

たしかに自分たちもワラにもすがる思いでパリへ渡った。打つ手がなければ、針の穴ほどの可能性も追いかけるのが捜査というものだ。

クルマは横羽線に入った。

「ところで、どこで下ろす」

上杉の問いに北条は素っ気なく答えた。

「乗った場所でいい」

「わかった。横浜公園出口までのんびりしていてくれ」

マークXは、深夜でもなかなか明るいみなとみらいの灯《あか》りを左手に見ながら順調に進んだ。

巨大な横浜スタジアムが左手前方に見えてきた。

ほどなく水町通りのホテル・メルパルク横浜の裏手に到着した。

後部座席を振り向いた上杉は、ようやく北条の顔をしっかりと見ることができた。

マスクはつけたままだったが、北条の表情には緊張感が漂っていた。

「すまん、おまえたち二人には心配と迷惑を掛けた。まさか世界中を捜し回ってくれているなんて夢にも思わなかったんだ。あらためて礼を言う」

　頭を下げた北条の声は湿っていた。

「おまえが無事でよかったよ」

　織田が右手を差し出すと、北条は両手でしっかりと握り返した。

「俺たちは骨を拾うつもりでいたんだからな」

　上杉が後部座席に右手を差し出すと、北条は身体を伸ばして右手で握った。

「すまなかった」

　手を離した北条は後部座席のドアを開けた。

「俺の跡をつけようなんて考えないでくれ。いざというときは撃つからな」

　北条の声は笑っていたが、冗談ではないのだろう。

「わかってるさ。ここで北条に撃たれてはたまらないからな」

　織田は陽気に言って北条の肩を叩《たた》いた。

「二人への感謝は忘れない。じゃあまたすぐに連絡する」

　乗り込んだときと同じく、影のように北条は消えた。

　上杉は奇妙な脱力感を覚えていた。

「とりあえずホテルの部屋に戻るか」

「ああ……そうだな。なんだか疲れた。今夜は部屋でビールでも飲もう」

　ずっと追いかけ続けた北条は生きていた。

そのこと自体は、上杉も心の底から嬉《うれ》しかった。

だが、北条が《ディスマス》に潜入捜査をしている現状には戸惑いを禁じ得なかった。

レンタカーを返してホテルに戻った上杉たちは、一階にある自販機でビールのロング缶を四本買ってエレベータに乗った。

上杉と織田はパイル地の白いバスローブに着替えて、ソファに面と向かって座った。

とりあえずビールで乾杯した。

つまみはないが、腹は減っていなかった。

「北条が無事でよかったな」

「ああ、よかったよ。骨を拾わなくてなによりだ」

「どうした？　妙にさえない顔をしているじゃないか」

織田は不思議そうに上杉を見た。

「北条の話をどう思う？」

「どうって……筋道は通ってるよ。ティファニーを騙《だま》して《ディスマス》に潜入捜査をしてるんじゃないか」

「ちょっと気になるんだよ」

「話してくれ」

「たしかに北条の話の大筋は正しいと思う。だけど、違和感を覚えるところがあるんだ」

「わたしはとくには感じなかったぞ。さすがは公安畑が長く、国際的な活躍もしてきた警察官僚だけのことはあると感心した」

「信用するのが変だと思ってね……」

「え？　どう言う意味だい？」

織田は首を傾げた。

「日本の公安警察官である北条のことを、ティファニーがあっさり信用しすぎているような気がするんだ」

「そうかな……ティファニー自身がＣＩＡ出身なんだ。諜報《ちょうほう》機関や警察組織出身者が《ディスマス》メンバーにいるとシモネッティも言っていたじゃないか。その連中も正義を標榜《ひょうぼう》する《ディスマス》の理念にかぶれた連中なんだろう」

「だが、ティファニーはインテリジェンスオフィサー出身だ。当然ながら潜入捜査や欺《ぎ》瞞《まん》工作などのプロだ。果たして北条がだませる相手かな」

「北条だってプロだからな」

「もうひとつあるんだ……」

「上杉は疑い深いな。なんだよ？」

「北条はなんで、いつまでも《ディスマス》とくっついているんだ？　さっさと警視総監に報告して、アジトにたくさんの捜査員を送り込めばいいじゃないか」

「計画の目的がつかめないからって言ってたじゃないか」

「目的なんて後回しでも、ティファニーを逮捕すれば済む話だろ。銃刀法違反だけでも簡単に引っ張れる。あとはじっくり攻め落とせばいい。彼女の計画をつぶせば、日本を大きな犯罪から守るという北条の使命は果たせるんじゃないのか」

喋《しゃべ》っていて上杉は、自分の疑問は当然だとあらためて思った。

だが、織田は賛同しなかった。

「仮にティファニーを引っ張ったとしても、《ディスマス》は第二第三のティファニーを送り込んでくると、北条は踏んでるんじゃないか。そうだとすれば、犯罪計画の目的を明らかにする必要はあるよ」

「まぁ、織田の意見も一理あるんだが」

「それに北条は非常に野心的な男だ。わたしなんかよりずっと向上心が強い」

「出世欲と言ってもいいかもしれんな」

「まぁ、そういう側面もあるだろう。いずれにせよ、いまの中途半端な状態で警視総監や警察庁長官に報告したくないんだよ。ティファニーの計画を完璧《かんぺき》につぶして、すべての手柄を独り占めしたいんだ。そうしたら、あいつは警視庁公安部の参事官くらいに出世できるんじゃないか」

「なるほど官僚の思考法ってのはそういうものか」

なんとなく納得できた。

「おまえだって官僚じゃないか」

「馬鹿言え、おれは刑事だ」

上杉は言葉に力を込めた。

「ところで、あと三泊ほどこのホテルに滞在しようかと思っているんだ」

そのつもりだろうとは、上杉も思っていた。

「たしかに、北条は二、三日のうちに大きな動きがあると言ってたな」

「だけど、その前に動きがあるかもしれない」

「じゅうぶんに考えられる話だ。あいつらのアジトが中華街のなかにある限り、このホテルにいるのがいちばん便利だな。織田は着替えを持ってるのか？」

「シャツの二、三枚と下着の替えは持って来ている。部屋を移るときに運んでもらってクローゼットに入ってるよ」

織田は入口近くの戸棚をあごでしゃくった。

「おまえは相変わらず用意がいいな」

「上杉はどうする？」

「明日《あした》はいったん根岸へ戻る。いざというときのためにクルマを持って来とく」

「あの無骨な四駆の覆面か」

「ランクルって呼んでくれ。それから着替えも用意したい」

「一緒にいてくれるんだな？」

「おまえは一人お泊まりができない子ちゃんだからな」

「いちいちうるさいヤツだな。危険が完全に去ったわけじゃないだろ」

「まぁ、そうだ。ティファニーをあんまり甘く見ないほうがいいとは思う。だから、大事なものを取って来るよ」

「いったいなんだ？」

「拳銃《けんじゅう》に決まってるだろ」

「そうか……」

織田はのどの奥でうなった。

「もう二時だ。俺は寝るぞ」

「ああ、わたしはシャワーを浴びてくる」

「俺は朝でいい」

ベッドに潜り込むと、上杉はすぐに眠りに落ちた。

【2】 二〇二〇年九月二日（水）

昼過ぎになって、用意を調えた上杉は《ホテル・リパブリック》に戻ってきた。

このホテルには駐車場がなく、ランクルはすぐのところにある指定のタイムスに駐《と》めた。

覆面パトとわからないように、グローブボックスの無線機などには覆いを掛けておいた。

部屋に戻ると、織田はノートPCでなにかを熱心に見ていた。

ディスプレイを覗《のぞ》き込むと横浜中華街の詳細図だった。

「なにをしているんだ？」

「北条とティファニーのアジトを割り出せないかと思ってね」

「割り出せそうか」

「いや、かなり困難な話だ。たとえば店舗だけでも六百軒もあるんだ」

「中華屋だらけだからな」

「意外なことに中華料理店は三分の一ほどだ。あとは土産物屋や食材店、食器店、占いの館《やかた》みたいのも多い」

「美人占い師に頼んで、北条のアジトの位置を占ってもらったらどうだ？」

「わたしはまじめにやってるんだぞ」

織田は唇を尖《とが》らせた。

「ところで、スマホになんらかの着信はあったか？」

「いや、ショートメールも音声着信もない」

「いまも北条はGPSを切っているんだな？」

「ああ、向こうの位置はわからない」

「あいつも勝手だな。手柄を独り占めしたいくせに、いざというときには助けてくれって言うんだからな」

「お互いに友だちだから頼める話じゃないか」

「とにかくヤツがＧＰＳを入れてくれることを待つほかないな」

「気をつけている。タブレットにミラーリングしている」

織田は10インチくらいのタブレットを指さした。

北条のスマホと同じホーム画面が表示されている。

「ほう、こんなことができるんだな」

「常識だ……五分ごとにチェックしているよ」

上杉は織田の生真面目さに驚いた。

「そりゃご苦労さん……二、三日後だって言ってたじゃないか」

「とにかくいまは待機しかできないからな」

「昨夜飲みに行っときゃよかったよ」

「勝手にしろ」

織田は鼻で笑ってＰＣの画面に目を落とした。

陽が暮れてゆくまでの数時間は退屈でならなかった。

織田はパリを目指して出国してからの経緯をＰＣに打ち込んでいた。

手帳のメモをもとに、きちんとした文書に書き起こしている。

警察官は報告書に時間を費やすことが多い。

だが、上杉は自分の報告書は、織田に頼むつもりでいた。

為《な》すべきこともない上杉は、ベッドに寝転んだ。北条が言っていた《ディスマス》がいま進めている大きな犯罪について考えてみたが、想像の範囲を超えていた。

手持ち無沙汰《ぶさた》なので、自分のタブレットで古い映画を視て過ごした。

上杉は張り込みの経験は少ないが、ただ待機するのも張り込みに負けずつらいものだということを思い知らされた。

斜め向かいの中華料理店に入って、織田と二人で定食の簡単な夕食をとった。

紹興酒はぐっとガマンした。

ホテルに戻ってから、上杉は仮眠をとった。

スマホがいきなり鳴動する音が響いた。

心臓を収縮させながら上杉は覚醒《かくせい》した。

跳ね起きて腕時計を見る。

二十一時十七分だった。

織田があわててスマホをつかむところだった。

「緊急事態だ！」

――助けてくれ。ＣＩＡらしき襲撃。

上杉が差し出した画面を見て、上杉は北条の叫び声を聞いたような気がした。

「いきなりＣＩＡの登場か」

逮捕されるならまだいいが、銃撃に及び腰の日本の警察官ではない。撃ち殺されるおそれもある。

ふたたびスマホが鳴動した。

――廃業ホテル、サテン・ドール店奥がアジトだ。すぐに来てくれ。

――中山路《ちゅうざんろ》の廃業店采旬《さいしゅん》が裏口。

二本のメールが立て続けに送信されてきた。

画面から硝煙が出てきそうな錯覚を感じた。

文面も舌足らずで乱れている。

「北条のＧＰＳは？」

「入ってる。現場《げんじょう》はここだ！」

織田はタブレットを両手で掲げて見せた。

マップが表示されて、一点にグリーンの丸いマークが点滅している。

ざっと見て三百メートルほどの距離だ。

クルマを使うより走ったほうが早い。

「俺はサテン・ドールまで走る。織田はランクルを采旬って店の近くに停めて待機しろっ」

「了解！」

上杉はH&K社のP2000を腰のホルスターに装着した。

ドイツ製のオートマチック拳銃《けんじゅう》は小型で頼りないが、日本国内での自分はこの銃しか使うことを許されていない。それでも特殊捜査班のSISが使っているサブマシンガンMP5Kと同じ9ミリパラベラム弾を使える。

私服警官は拳銃の所持が目立たないように各自の判断で携帯してよいことになっている。

羽織ったリネンジャケットでホルスターを隠して上杉は部屋を飛び出した。

織田が後に続いた。

エレベータが上がってくるのが、気が遠くなるほど遅いように思えた。

ここは最上階だ。階段を駆け下りるよりは早いはずだ。

ようやくエレベータのドアが開いた。

「最上階なんかにしなきゃよかったな」

「仕方がない。こんな展開になるとは読めなかったんだ」

「このスマホは上杉が持ってゆくか？」

「サテン・ドールの場所はわかった。スマホをチェックしている余裕はないだろう」

「了解。離れるとミラーリングできないし、なにかあったらすぐにおまえの携帯に連絡する」

「電話に出るのも無理だと思ったほうがいい」

「そうか……」

織田は言葉少なに答えた。

エレベータのなかでも走り出したいほど、上杉の気持ちは焦っていた。

北条を失いたくない。

せっかく無事な顔を見られたのだ。

ホテルのエントランスから外へ出たところで、上杉はランクルの鍵《かぎ》を取り出した。

「ほれ、鍵だ。左手すぐのタイムスに駐《と》めてある」

「ああ、采旬って店はタブレットにピン留めした。気をつけてくれよ」

左手に向けて走り出した織田を、あわてて制止した。

「待てっ」

織田は立ち止まって上杉の顔を見た。

「敵は采旬って店から飛び出してくるかもしれん。店の真ん前に停めたら撃たれる。少し手前に停めてようすを見ろ」

「わ、わかった」

織田の頬が引きつった。

「夕飯のときに紹興酒を飲んでもよかったな」

織田は名状しがたい顔つきを見せてから踵《きびす》を返した。

右へ身体を向けた上杉は、媽祖廟の方向へと走り始めた。

上杉は人気の少ない南門シルクロードを朱雀門方向へ走り、関帝廟通りを西へと走った。

頭の中に叩《たた》き込んだサテン・ドールをめがけて、狭い小道を走り続けた。

やがて予想していた位置に、ネオンが消えた二階建ての廃ホテルが姿を現した。

サテン・ドールはクルマも通れぬ小路《こうじ》にひっそりと建っていた。

スモークの入った窓も、入口の自動ドアも開かれたり破られたりした形跡はない。

「裏口か……」

上杉は建物の右端の通路を奥へと進んだ。

格子窓の尽きるところに薄汚れたアルミドアがあった。

ドアには二ヵ所の弾痕《だんこん》があった。

間違いない。ドアブリーチングをした痕跡《こんせき》だ。

ノブに手を掛けると、ドアはすっと開いた。

上杉は安全装置を外して拳銃を構え、建物内に足を踏み入れた。

避難口誘導灯で室内が見渡せる。バッテリーが切れていないのだろう。五年前後は持つはずだ。

内部はこのホテルのロビーだった。

正面に白っぽいらせん階段が、二階へと続いている。

神経を研ぎ澄ませて奥へと進む。

赤っぽいカーペットが敷き詰められた室内は乱雑に荒れていた。

部屋の奥から灯《あか》りが漏れている。

大股《おおまた》に歩み寄ると、大きな油絵の額の横にぽかんと開口部が口を開けていた。

隠し通路だ。アジトはこの奥に違いない。

コンクリートの壁に囲まれた薄ぼんやりと明るい殺風景な通路だった。

そのとき、数メートル先で消音器つき拳銃の発射音が立て続けに響いた。

「しまった！」

上杉は隠し通路に飛び込んだ。

右手の壁に背中をつけてようすを窺《うかが》う。

油断なく横歩きで身体を進めてゆくと、開かれたドアに白熱灯で照らされたリビングルームがひろがっていた。

室内を目にした上杉は息を呑《の》んだ。

視覚を通じて、ふたつの事象が同時に脳に飛び込んできた。

ドア近くに数人の男が転がっている。

（北条は？）

一瞬にしてわかった。白人と黒人ばかりだ。

上杉はホッとしたが、目の前にはもっと恐ろしい光景があった。

一人の若く美しい女が、若い女と中背の若い男に銃口を向けている。

（真田っ！）

明るいブルーのワンピースの痩《や》せた後ろ姿は真田夏希に違いなかった。

隣に立つのは小川祐介だ。

上杉は混乱した。ここにいるはずの北条の姿は見えない。

とにかく真田と小川の危機を救うことが先決だ。

「さて……どちらからいくか」

女は、銃身を上下にかるくゆらめかした。

銀色の銃身はシグ・ザウエルらしい。同じ9ミリパラベラム弾を使う小型拳銃だが、上杉の銃よりすぐれている。敵が自動小銃を持っていなかったことを、上杉は神に感謝した。

日本人のようにも見えるが、言葉に訛《なま》りがある。

黒いシャツを着たこの女が、ティファニー・ヤンに違いない。

全身から激しいオーラが閃光《せんこう》のように八方へ延びている。

「先に百合《ゆり》ちゃんから逝《い》ってもらおう」

真田の顔に銃口が向けられた。

上杉は身体を壁につけたまま、敵へ神経を集中した。

背中に汗がにじむのを上杉は感じた。

失敗は許されない。

ティファニーの隣には、東洋人らしき大男が、気を失った白人の少女を抱きかかえている。

上杉はラッキーだった。

通路が薄暗いためか、二人とも上杉の姿に気づいていない。

ＣＩＡを片づけた気のゆるみもあるのだろう。

上杉は銃を構え直すと、全身の気配を消すようにつとめた。

難しい射撃になる。身体をひねって敵に向けると同時に、照準を合わせる必要がある。

一発で仕留めなければならない。

打ち損じたら、真田は死ぬ。

「苦しまないように、額に一発であなたを殺してあげる」

口もとを歪《ゆが》めてティファニーは笑った。

一瞬だが、ティファニーの全身に隙が生じた。

（いまだ！）

壁から身を離し、両脚を開いて立った。

ティファニーの右の二の腕に照準を合わせる。

トリガーに掛けた人差し指に静かに力を込めた。

くぐもった発射音が響いた。

同時に聞き慣れぬ銃声が上杉の耳をつんざいた。

信じられないことだった。

ティファニーは瞬時に反撃していたのだ。

だが、銃弾は後方へと逸れた。

硝煙の向こうでティファニーは右腕を左手で押さえて歯を食いしばっていた。

ティファニーのシグは床に転がっている。

敵の弾丸が外れたことを上杉は神に感謝した。

「よしっ、投降しろっ」

上杉は大音声に叫んだ。

「上杉さんっ？」

振り返った真田は叫び声を上げた。

一瞬、気を取られた。

「くそっ。行くぞっ」

ティファニーは、反対側のドアの向こうに消えた。

少女を抱いた大男が大股に後を追った。

「逃がすか」

反対側の隠し通路に足を踏み入れようとしたとたん、銃声が響いた。

奥の壁に当たった音が聞こえた。

狙って撃ったものとは思えなかった。

威嚇射撃に違いないが、流れ弾に当たる危険はあった。

「おっと、危ない危ない」

上杉は身をかわしてドアを閉めた。

真田がアリシアを懸命に探し始めたが、クローゼットがガタガタ鳴っていた。

小川が助け出している間に、転がっているＣＩＡの連中のようすを見たが、三人の白人は絶命していた。

生き残った白人と黒人はいつの間にか姿を消していた。

上杉は自分のスマホを取り出して織田に電話を掛けた。

「ちょっと特別演出があってな。全員、取り逃がした。こっちの現場《げんじょう》わかるか？」

「すぐ裏にいる。いま、ティファニーらしき女と、女の子を抱えた大男が采旬から飛び出してきた。ティファニーたちは采旬の前で銀色のミニバンに乗って走り去った。誰が運転しているのか、何人乗っているのかはわからない。でも、ＧＰＳの動きからすると、北条が乗っているのはたしかだ。采旬の店の前で待っているからな」

スマホから織田の興奮気味の声が響いた。

「そうか……頼むぞ」

電話を切った上杉は、真田と小川をけしかけた。

「どこへ行くんすか」

小川がぼんやりとした声で訊《き》いた。

「悪党からあの少女を助け出しに行くんだよ」

上杉は尖《とが》った声を出した。

あの少女が何者なのか、まるでわかってはいなかった。彼女がいたことで日本を脅かす《ディスマス》の犯罪がますます理解不能となった。少女誘拐がなぜ日本を脅かすのか……。

真田はなにかを知っている。

聞き出すしかない。

「応援を呼んだほうがいいんじゃないんすか」

小川が不安げに訊いた。

だが、そんな時間はなかった。

北条の身になにが起きるかわからない。

急がなければならない。

「応援なんぞ待ってたら、ヤツらは高飛びしちまう。ほかに事情もあるんだ。俺たちだけでやるぞ」

「わかりました。行きましょう」

真田はなんとか声を出しているようだった。
銃口を突きつけられた経験は、あまりないはずだ。さぞかし怖かったことだろう。
上杉は先に立ってドアを開けた。
ごちゃごちゃと散らかっている隣の部屋を抜けて、ふたたび狭い通路へと出た。
ティファニーたちは逃げているが、居残り組がいたら危険だ。
上杉は五感を研ぎ澄まして先へ進んだ。
やがて倉庫へ出て、ほこりだらけの中華料理店に辿《たど》り着いた。
この店が采旬に違いない。
通りに面したガラス戸は開けっぱなしになっていた。
敵はここから逃げ出したのだ。
采旬を飛び出すと、左手からランクルが近づいてきた。
乗り込んだ上杉は織田と運転を代わった。
織田のタブレットには、ＧＰＳのマークが点滅している。
運転しながらの確認は速度を著しく落としてしまう。
道案内は織田に頼むしかなかった。
開港道に入った上杉は回転灯をまわし、サイレンを鳴らし始めた。
「上杉さんと織田さんは、どうしてミーナのことを？」
真田が訊いてきた。

「すべては後の話だ。まずはミーナの救出だ」

上杉はとりあえず厳しい声を出しておいた。

（あの少女はミーナというのか……）

どこの国の人間で、いったい何者なのだろうか。

しかし、あんないたいけな少女がティファニーと《ディスマス》の犯罪計画の鍵《かぎ》を握っているとは。

「わかりました。まずはミーナちゃんですね」

真田は真剣な声で答えた。

「そうです。彼女を救い出すために全力を尽くしましょう」

織田も調子を合わせてくれた。

「上杉さんと織田さんがなんでここにいるのか、どうしても知りたいんです」

真田が詰め寄るので、上杉はごく簡単に北条の行方を追いかけて世界中を駆け回った話をした。ただし、会ってきたレジェやシモネッティらの名も、ティファニーの名前も出さなかった。

それでも真田も小川も口もきけないほど驚いていた。

「まさか……あの北条さんがそんなに危険な任務に就いていたなんて……」

真田は目を見開いて絶句した。

山下公園通りに入った。

「おい、織田。敵の位置はわかるか」

「ああ、GPSは捕捉《ほそく》できている。三キロメートルほど先の山下公園通り、つまり82号を根岸方向に進んでいる。もう本牧に差し掛かってるよ」

この期に及んでGPSを切っていないとすると、北条はティファニーを逮捕させる気になっているのだろう。

「どうして逃げた相手の位置がわかるんですか？」

真田が不思議そうに訊いた。

「北条が自分の位置を教えてくれているんです」

織田は淡々とした口調で答えた。

「そうなんですか……」

真田は納得しているようすではなかった。

彼女を納得させるほど詳しい話をしてはいなかった。

「三キロの距離を詰めるのは厳しいな」

すぐにあとを追ったつもりだし、できるだけスピードを出してはいる。しかし、スタートの数分差はなかなか取り戻せない。

「取り逃がしますよ。緊急配備《キンパイ》掛けてもらいましょうよ」

後部座席から小川が心配そうに声を掛けてきた。

「ダメだ。キンパイなんぞ掛けて騒ぎを起こしたら、たくさんの人死にが出る」

上杉は厳しい声ではねつけた。

ティファニーは負傷させたので、本来の銃の腕を振るえないだろう。

だが、敵はプロの集団だ。緊急配備に駆り出された外勤警官などが応戦できる相手ではない。いきなりぶっ放されるかもしれない。

「それに、敵はミーナを人質に取っているんだぞ」

上杉は背中ですごんだ。

切羽詰まったティファニーは、人質のミーナに危害を加えるかもしれない。

どういう性質の人質なのかは一向にわからないのだが。

「ミーナちゃんを危険にさらすことだけはやめて！」

真田もつよい口調で賛成した。

「おっ！」

タブレットを覗《のぞ》き込んでいた織田が小さく叫んだ。

「どうした？」

「彼らはずっと82号を磯子《いそご》方面に進んでいたが、本牧漁業組合入口の交差点から本牧元町の住宅街へと入ったぞ」

「そうか、俺たちが追っていることを予想して、脇道に入って撒《ま》くつもりか」

北条がＧＰＳで、自分たちの位置を知らせていることにティファニーは気づいていないに違いない。

「で、どっちへ進むんだろう」

「いまのところわからん。だが、そのまま進めば正面には和田山《わだやま》が控えていて道は狭くなる。まず、三之谷《さんのたに》交番前から本牧通りに入るんじゃないのかな」

「その後、どうすると思う？」

「左へ曲がって根岸・磯子方向へ行くか、右へ曲がって石川町・関内方向へ行くか、あるいは途中の山手《やまて》警察署前交差点を右へ曲がって、小港橋《こみなとばし》からもとの山下公園通りへ出て中華街方向へ戻るかだな」

「もし、右へ曲がってくれれば、山手警察署前の交差点あたりで待ち伏せできるんだがな」

　タブレットをちらと覗いて、上杉は期待を込めた。

「逃亡犯人が、警察署前を通りますかね？」

　小川が疑わしげな声を出した。

「誰だって小川のように考えるだろう。しかし、彼らは逆を行くような気がする。ヤツらは警察無線はとうぜん傍受しているはずだ。緊急配備が掛かっていないことも、自分たちが県警に追われていないことも知っているはずだ」

　ランクルの無線機は地域系無線が入るが、中華街の事件のことは報じられていなかった。ＣＩＡの被害者たちはまだ誰にも発見されていないのだろう。あるいは生き残った二人が、素早く手を打って隠蔽《いんぺい》したのかもしれない。

「山手警察署前で待ち伏せしてみるか」

地図を頭に描いて上杉は言った。

「賭《か》けだな」

織田は気難しげな声を出した。

「ああ、賭けだ。しかし、いまの俺の直感は冴《さ》えている気がする。ヤツらは山下公園方向に戻るような気がしているんだ」

「戻ってヤツらはどうするって言うんだ」

織田は疑わしげに訊《き》いた。

「もとのアジトに戻るんじゃないか」

「まさか……それはないだろう。危険すぎる」

「いや、ヤツらは警察があのアジトを見つけていないことも知っているはずだ。なに食わぬ顔をして戻り、また周さんに別の隠れ家を用意させるかもしれない」

「誰です？　周さんって？」

小川がぼんやりと訊いた。

「説明は省く……ティファニーの腕には俺が撃ち込んだ弾丸が入っている。摘出手術が必要だ。ふつうの病院に行けば絶対に足がつく。闇医者なんて周さんに頼むしかないだろう。まず間違いなく、ヤツらは周さんと接触する」

「そうだな。上杉の直感は当たっているかもしれない。ティファニーには医者が必要だ」

織田は明るい声を出した。

「あの女、ティファニーって言うんですか？」

「説明は省く」

「もう、上杉さんも真田も俺を蚊帳《かや》の外に置くつもりですか」

「カタがついたら、ゆっくり説明してやる」

「わけがわからないのに引っ張り回されて、銃を突きつけられて……いったいなんなんだ」

小川は大むくれにむくれた。

そのとき、北条のスマホが鳴動した。

「出るな。絶対に出るんじゃないぞ」

上杉はきつい声で警告を発した。

しばらくスマホは鳴り続けていた。

「ヤツらはやっぱり周さんに接触しようとしている。決めたぞ。山手警察署前で待ち伏せだ」

「もうすぐ小港橋交差点だ。右へ折れて三百メートルほど進むと、左手が警察署だ」

上杉は回転灯とサイレンを消した。

織田のガイドに従って現れた交差点を右斜めに入ってゆく。

すぐに山手警察署が姿を現した。

四階建ての小ぶりな真新しい建物は静まりかえっていた。

ランクルの無線も、ときどき雑音が入るだけで静かだった。

上杉は山手警察署前交差点を左折し、すぐにUターンした。交差点から五十メートルほど手前の路肩にランクルを停め、サイドブレーキを引いた。

この位置ならば、敵が後方から来て交差点を直進して石川町方向に進んでも、右折して小港橋方向に進んでも追尾できる。

本牧通りの両側には広い歩道が続いていて桜の木が植えられている。二キロも続くこの桜並木は多くの人に愛されていて、春には桜祭りも開かれる。

いまは晩夏の夜風に緑陰濃い桜の木がさわさわと鳴っているのが耳に心地よく響く。

もうすぐ十一時だ。通りにはほとんど人影もなく、静かな時間が流れている。

嵐の前の静けさという言葉がふさわしい気がした。

(北条、必ずおまえを助けるからな)

上杉はこころに誓った。

第五章　ミーナの知力

【1】　二〇二〇年九月二日（水）

夏希の身体はこわばっていた。

あの恐ろしいティファニーという女と戦わなければならないのだ。

「あの少女について教えてくれないか。いったい何者なんだ？」

上杉は背中で訊いた。

「え？　上杉さん知らないんですか？」

夏希は驚きの声を上げざるを得なかった。

上杉はすべてを知っていると勘違いしていたのだ。

「ティファニーが誘拐しているからには、ただ者ではないとはわかっているが……」

「でも、ＣＩＡから堅く口止めされています」

夏希は無意識に首を横に振っていた。

「馬鹿野郎、真田はＣＩＡの人間なのか」

振り向いた上杉の眉間《みけん》にしわが寄っている。

「だけど、このことを他人に話したら、わたしはＣＩＡに始末されるかもしれないんです」

再三にわたって自分をやわらかく恫喝《どうかつ》していたウィバーの言葉を思い出して、夏希は身震いした。

「なに言ってんだ。あのアジトでＣＩＡはヘタ打ったんだぞ。そんな資格があるものか」

上杉は吐き捨てるように言った。

「でも、その秘密を聞かせるために、ＣＩＡはわたしを潜水艦に閉じ込めたんですよ。話せば、きっと消されます」

夏希は懸命にあらがった。

「合衆国は海軍まで繰り出しているのか」

織田は信じられないという声を出した。

「ホワイトハウスからＣＩＡに下されている第一級のミッションだそうです。国家安全保障局や陸海軍も協力態勢にあると言っていました」

「なんということだ」

織田のうなり声が響いた。

「真田は仲間を信じられないのか」

上杉の声は悲しげだった。

「いや、そんなことはありませんけど」

「仲間に話せないってことがあるものか」

上杉は許してくれそうになかった。

夏希は覚悟を決めた。

この三人だけは信じよう。

これからも、ずっと一緒に戦う仲間なのだ。

「わかりました。ＣＩＡのインテリジェンスオフィサーのケネス・ウィバーから聞いた話です。ウィバーさんはさっきのアジトで撃たれましたが、いつの間にか消えてしまいました」

「さっきのあいつか」

小川が不快げに鼻を鳴らした。

「まずは、ミーナちゃんの話から聞いてください……」

夏希は天才少女龍造寺《りゅうぞうじ》ミーナについて語り、彼女が開発してしまったダム放流をコントロールできるプログラム《フロウ》の話をした。このプログラムが作動すると、原発事故を含む恐ろしい被害が出ることにも触れた。《フロウ》は、ミーナが記憶しているあるキーワードを所在不明の暗号キー生成プログラムに入れないと作動しないこと、

《ディスマス》はミーナからキーワードと暗号キー生成プログラムを聞き出して、先進諸国政府を脅迫しようとしていることをかいつまんで話した。

夏希が話している間、誰も口をきく者はいなかった。

通行車両はなく、アイドリングの音だけが響き続けている。

「とても信じられない……」

織田の声は大きく震えていた。

小川は口もきけずにいた。

「いいか、織田、小川、いま真田から聞いた話を誰かに漏らしたヤツは、俺が殺すからな」

上杉が低い声で二人を脅しつけた。

「当然だ。こんな世界のトップシークレットを知ってしまったんだ。話したとたんにどこからどんな暗殺者がやって来るかわかったものではない」

織田はまだ震えの残る声で答えた。

「俺は聞きたくなかったすよ」

小川は歯を鳴らしている。

夏希は話したことを後悔していなかった。

この三人なら、間違いない。

「聞いてしまったものは仕方がない。俺たちの運命は真田と一蓮托生《いちれんたくしょう》だ。聞いても問題がないのはアリシアだけだな」

上杉はその場の緊張をほぐすような声で言った。

ケージに入れられていないのに、アリシアはラゲッジスペースでおとなしくしている。

「北条さんはいまはいったい、どういうポジションにいるんですか」

夏希にはいちばんの謎だった。

「彼は《ディスマス》への潜入捜査をしているんです。そこへＣＩＡが現れたってわけです」

織田はさらっと答えた。

「織田さんや上杉さんはどうして、あのアジトに？」

「わたしたちは北条からの急報を受けて駆けつけたんです」

これまた謎だった。

「おかげで生命《いのち》拾《びろ》いしました。上杉さん、ありがとう」

夏希はようやく上杉に礼を言うことができた。

緊張する状況が続きすぎて、恩知らずの状態だった。

「ほんとだよ。あとちょっと遅かったら、二人とも心臓に風穴が空いていた……」

小川はあのときの恐怖を思い出したのか、顔を引きつらせた。

「間に合ってよかったよ」

上杉は素っ気なく言った。

夏希はこの素っ気なさが上杉のテレであることを知っていた。

「とにかく、ミーナを奪い返さなければ、とんでもないことになるな」

上杉の眉間に深いしわが刻まれた。

「おい、当たりだ！」

タブレットを覗《のぞ》いていた織田が嬉《うれ》しげに言葉を継いだ。

「ヤツらがこっちへ来る。あと八百メートルちょいだ」

上杉はサイドブレーキを解除した。

「一分で来るな。みんなしっかりつかまっていろよ」

上杉の声に、夏希の身体はふたたびこわばった。

「来たぞっ」

織田の張り詰めた声が響いてすぐに、銀色のミニバンが車窓を通り過ぎていった。

スピードは出ていたが、異常なほどの高速ではなかった。

「あのミニバンで間違いない」

織田が叫んだ。

「行くぞっ」

上杉がアクセルを踏み込んだ。

ミニバンは交差点を右折した。

運悪く対向車線をこちらに向かってくる白い軽ワゴンが見えた。

上杉は舌打ちをして対向車をやり過ごし、ステアリングを右に切った。

交差点を右折すると、ミニバンはひとつ先の信号を通過するところだった。

「あまり飛ばすと、敵に気づかれるからな……サイレンも鳴らしたくない」

上杉は冴《さ》えない声で言って少しずつ速力を上げた。

敵のミニバンは小港橋の交差点を左折してしまった。

ランクルが交差点に着く少し前に信号は赤に変わった。

上杉はブレーキを踏んだ。

「大丈夫だ、上杉。敵は予想通り82号線を山下公園方向に進んでいる」

織田がねぎらうように言った。

「飛ばすぞ」

信号が青に変わると、上杉は追い越し車線に入ってぐんと速力を上げた。

百キロ近く出ているのではないか。

前方を走るほかのクルマが次々に道を譲って車線変更をしていった。

夏希は上杉の腕を信じているが、それでもいくらか不安になった。

みなと赤十字病院入口交差点が近づいたあたりで、ミニバンの後ろ姿が見えてきた。

この右手の病院はジュードの事件で訪れた場所だった。

上杉は速度を落とした。

ミニバンとの車間をじゅうぶんにとって追尾している。

マンションの続く新山下一丁目付近を抜けた。

ミニバンがいきなりタイヤを軋《きし》ませて速度を上げた。

「気づかれたか」

上杉がうめき声を上げた。

ミニバンとの車間を変えぬように、上杉は注意を払っていた。

おそらくは敵の銃撃を恐れているのだ。

首都高狩場線の高架下を通って山下橋の交差点に差し掛かるところで、いきなりミニバンが速度を落とした。

前方に赤信号がある。

交差点をすぎたところで道路工事の片側交互通行規制が敷かれている。

ミニバンとの距離がぐんぐん近づいて来た。

いまにも銃弾が撃ち込まれそうな気がして、夏希は首をすくめた。

案に相違して、ミニバンは山下橋交差点を右折した。

「本牧埠頭《ふとう》方面に逃げる気か……あるいは狩場線に乗る気かもしれん」

上杉は小さく叫んだ。

ところが、ミニバンの行く手にまたも赤信号が点灯している。本牧埠頭方面にも片側規制が敷かれているのだ。

十一時を過ぎている。あちこちで深夜の工事が始まったのだろう。

ミニバンは左手に進路を取った。

「おい、敵は袋小路に入っていくぞ」

織田が驚きの声を上げた。

ミニバンが乗り入れたのは、山下埠頭だった。

山下埠頭交番の前を通り過ぎ、ミニバンは埠頭の奥へと進んでゆく。

婚活パーティー帰りにドレス姿で爆破事件の現場に赴いた想い出が、胸に蘇《よみがえ》った。

「俺たちに追われているところに、工事でほかの道を塞れたんで判断が狂ったんだな」

上杉の声も意外感に満ちていた。

「誰が運転しているかわからないし、カーナビを確認する余裕はなかったんでしょう。北条以外の連中は山下埠頭がどんな場所か知らないだろうからね」

織田は理詰めで説明した。

ミニバンは左手の3号バースの再開発地域へと鼻先を向けた。およそ九ヘクタールがほとんど更地になっているコンクリートの原野のような場所である。

ミニバンとランクルとは百メートルくらいの距離を保って進んだ。

ほかに動いているクルマも人も見えない。

しばらくしてミニバンは建物のない場所で直角に右折した。

ランクルも同じ方向へと舵《かじ》を切った。

二台の距離はさっきの半分ほどまで近づいた。

「バシュッ」

不快な炸裂音《さくれつおん》が響いた。

「きゃっ」

夏希の身体はこわばった。

視界の右半分が暗くなった。

右のヘッドライトを撃たれたらしい。

「いかん、敵は撃ってきたぞっ」

上杉がアクセルをゆるめた。

「バシュン」

左の視界も暗くなった。

左側のヘッドライトも被害を受けたのだ。

「くそっ」

上杉は歯噛《はが》みしてさらに速度を落とした。

再開発地域は照明がないために、山下公園の向こう側の灯《あか》りなど遠くの照明で薄ぼんやりと照らされているに過ぎない。

ミニバンのテールライトを頼りに前進するほかなかった。

二台の距離は開いた。

「織田、ステアリングを保持してろっ」

「なんだって？」

「俺が窓から顔出して撃つ間、直進を保て」

上杉はつよい口調で命じた。

「無理だ……」

織田はかすれ声を出した。

「真田なんてもっとずっと高速でやったんだ」

「死ぬかと思いました」

あのときのことを思い出して、夏希の額に汗が噴き出した。

「いまは追尾しているが、あのときは追尾されてた。はるかに危険だったんだ」

「わ、わかったよ」

上杉は運転席の窓を開けて、身を乗り出した。

いつの間にか右手に拳銃《けんじゅう》が握られている。

織田は腰を浮かせ、右に身体を寄せてステアリングを握った。

スピードがいくらか上がった。

「よし、そのままステアリングを固定してろっ」

叫ぶなり上杉は拳銃を発射した。

「バシュッ、バシュッ」

立て続けに二発撃つ音が響いた。

夏希は耳奥に痛みを覚えた。

「よしっ、当たった」

上杉は快哉《かいさい》を叫んだ。

ミニバンはガガーッと嫌な音を立てて速度を落とした。

ホイルから火花が散っている。左右の後輪を狙ったようだ。

すぐにミニバンは動きを止めた。

「ヤツら、ここで決着をつけるつもりだ」

上杉は乾いた声を出した。

ミニバンの背後は3号バースの突端に近い場所で、三方に暗い海がひろがっていた。

上杉はいきなりランクルをドリフトさせて、直角に方向を変えた。

ランクルは右側面を敵に向けて止まった。

「うわんっ」

急な動きにアリシアが吠《ほ》えて身体をバタつかせた。

「大丈夫だよ。アリシア」

小川がやさしい声を掛けた。

「みんな左側のドアから外に出て、ランクルの陰に隠れろ。ガラスの向こうから弾が飛んでくるぞ」

夏希もほかの二人も、上杉の指示に従って外へ出た。

「アリシアもこっちだ」

アリシアはシートを飛び越え、小川に続いた。

最後に上杉が降りて、ボンネットの下に身を隠した。

「バシュン」

銃の発射音とともに破砕音が響き、ガラスが飛び散った。

「バシュッ」

上杉はランクルのノーズから上半身をさらして引き金を引いた。

「うわっ」

野太い男の叫び声が響いた。

上杉はふたたび身を隠していた。

「バシュン」

「バシュン」

「バシュン」

夏希は身を縮めてうずくまっていた。

射撃音が響くたびに、夏希の身体はこわばった。

小川はアリシアを抱きかかえて姿勢を低くしている。

アリシアはけなげにも小川の腕のなかでおとなしくしている。

ランクルのボディ右側面は穴だらけになっているはずだ。

「バシュッ」

上杉がふたたび上半身をランクルの鼻先から出して銃を撃った。

「ぎゃおっ」

いくらか甲高い叫び声が聞こえた。

「バシュン」

またもガラスが舞った。

背中が攣《つ》って夏希はつよい痛みを覚えた。

「勝算はあるのか？」

織田がかすれ声で訊《き》いた。

「ティファニーは銃を手にしていない。あとは北条と大男の二人だけだ」

「そうか……殺してはいないだろうな？」

「あたりまえだ。腕か足を狙ってる」

上杉は怒っているような声で答えた。

「全員、クルマの陰から出てきなさい。出てこないとミーナは死ぬ」

ティファニーが激しい声音で叫んだ。

一瞬の沈黙が漂った。

「仕方がない。俺が出る」

上杉は銃を織田に渡した。

両手を挙げてランクルのノーズの左側に立った。

夏希は目をつぶった。

だが、敵からの銃撃は止まっている。

「みんな出てくるのよ。ミーナが死んでもいいの？」

ティファニーはふたたび声を張り上げた。

（ミーナちゃん）

まるでCT検査のヨード造影剤を打たれたように夏希の全身はチリチリと熱くなった。

なにか得体の知れないものに衝《つ》き動かされて、夏希はクルマの陰から出てしまった。

「真田、やめろっ」

上杉が激しい口調で制止したが、もう遅かった。

夏希は上杉と並んでホールドアップの姿勢を取った。

ティファニーは右手を三角巾《さんかくきん》のような白い布で吊《つ》っていた。

彼女は左手に拳銃を持って、銃口をこちらに向けていた。

ティファニーの左隣に立つ黒シャツ姿の男を見て夏希は息を呑んだ、

（北条さん！）

五月に会った北条直人に間違いない。

なんと言うことだ。

北条は夏希たちに向かって銃口を突きつけている。

彼は潜入捜査をしていたはずではないのか。夏希にはわけがわからなかった。

北条も夏希の顔を見て目を大きく見開いた。

だが、北条は唇を引き結んだまま、沈黙を守っていた。

夏希には北条の感情が読み取れなかった。

北条の隣には樽のような大男が立っていた。

男が銃を突きつけている少女は龍造寺ミーナに間違いなかった。

クマのぬいぐるみを抱いたミーナは、驚くほど無表情だった。

銃口を恐れているように見えないミーナの姿は、夏希には信じられなかった。

彼女は生身の肉体を持っていないギリシャかローマの女神の塑像のように感じられた。

「ほかにもいるんでしょ？　銃を捨てて出てきなさいっ」

ティファニーは声を張り上げた。

「おい、出るなよ。全員が出たらそろって撃ち殺される」

上杉の声が耳に痛いほどに響いた。

「ミーナを殺すわよ」

ティファニーは脅し続けた。

「耳を貸すな。こいつがミーナを殺すはずがないんだっ」

上杉はふたたび怒鳴った。

次の瞬間、北条が静かに身体を右に向けた。

銃口をゆっくりとティファニーのこめかみに向けた。

「ティファ、銃を捨ててくれ」

北条は頼み込むように低い声で命じた。

「直人、気でも狂ったの？」

ティファニーは目を見開いて唇を震わせた。

「もうやめよう」

静かに諭すような北条の声だった。

「なにを言い出すのよ」

ティファニーは噛《か》みつくような目で北条を見た。

「ミーナの力を《ディスマス》が持つと危険だ」

「合衆国や中国、ロシアが持ったらもっと危険よ」

ティファニーの声は激しいものだった。

「たしかにそうだが、彼女の能力は《ディスマス》を分裂させる」

「意味がわからない」

「彼女の力を奪い合って、皆が争うようになる」

「そんな馬鹿な。わたしたちは信念を持っている」

ティファニーは首を横に振った。

そのときだった。

「ドシュッ」

一発の銃声が響き渡った。

拳銃《けんじゅう》よりも重々しい銃声だった。

ドサッと派手な音を立てて大男が前に倒れた。

ティファニーたちの背後から白い光が照らされた。

ミーナはさっと逃げ出した。

ぬいぐるみを手にぶら下げたまま、ミーナは素早く夏希の陰に隠れた。

「な、なんだっ」

上杉が叫んだ。

迷彩の戦闘服を着てヘルメットをかぶった屈強な四人の男が、ティファニーの背後、十メートルほどの位置に立っている。

彼らは手に手にアサルトライフルを構えていた。

映画などで見る米軍特殊部隊の出《い》で立ちだった。

白い光は、隊員たちがそれぞれの胸元に装備しているビーコンライトのものだった。

四人の中央にスーツ姿のウィバーが立っていた。

「全員、武器を捨てて投降しなさい。君たちは包囲されている」

ウィバーはハンドマイクを手にして叫んだ。

「ＣＩＡのお出ましか……」

上杉は吐き捨てるように言った。

「命令に従わないと射殺します」

ウィバーは低い声で恫喝《どうかつ》した。

ティファニーは銃を地面に放って左手を挙げた。

北条も両手を挙げた。

「そちらの人たちも出て来なさい」

ウィバーはランクルに向かって呼びかけた。

「おい、織田、小川。出てこいとよ」

上杉は両手を上に挙げたまま、背中で言った。

織田と小川がランクルの陰から出てきた。

織田は両手を挙げ、小川は右手でアリシアのリードを持ち左手だけを挙げていた。

「ミーナをこちらに渡しなさい」

ウィバーは有無を言わせぬ調子で夏希に命じた。

「こわい……」

ミーナは夏希の背中で小さな声を出した。

なんといってもまだ十三歳の少女なのだ。

夏希の胸は痛ましさでいっぱいになった。

さっきの無表情は、あまりにつよい恐怖に、感情の中枢である扁桃体《へんとうたい》が一時的に機能を停めていたものに違いない。

「大丈夫よ。かもめ★百合がついてるんだから」

「やっぱり百合ちゃんか」

ミーナは少しだけホッとしたような声を出した。

夏希は振り向いてミーナを抱きしめたい衝動を抑えた。

「さぁ、真田分析官、ミーナをこちらに渡してください」

ウィバーは夏希へ手招きした。

そのときだった。

「おまえらにミーナは渡せないっ」

叫び声を上げて、ティファニーが隠し持っていたナイフを振り上げた。

白い光がナイフに反射した。

ナイフを振りかざしたティファニーは、ミーナへ投げつけようとした。

「ドシュッ」

次の瞬間、銃声が響いた。

ティファニーの心臓に銃弾が撃ち込まれた。

胸から血潮がクラウン状にはじけ飛ぶ。

映画のスローモーションのように、ティファニーは後ろへ倒れてゆく。

「ドシュッ」

二発目の銃弾はティファニーの側頭部に撃ち込まれた。

ティファニーの頭部から血潮が激しい勢いで飛び散った。

夏希の胸は大きく拍動した。

助かるとは思えなかった。

「ティファーっ」

北条がティファニーをかばおうと動いた。

「ドシュッ、ドシュッ」

銃弾は、北条の心臓と頭部に立て続けに撃ち込まれた。

北条はどさっと音を立ててティファニーの身体の上に覆い被《かぶ》さった。

「ほ、北条っ」

織田の悲痛な叫びが響いた。

「北条さんっ」

夏希も金切り声を上げた。

ウィバーが鋭く英語で下命した。

「ドシュッ、ドシュッ」

上杉に撃たれてうなっていた二人の心臓に次々に弾丸が撃ち込まれた。

大男を再び銃弾が襲った。

倒れている《ディスマス》の全員に、何発も執念深く銃撃が繰り返された。

夏希は思わず目を閉じてしまった。

目を開けると、上杉が両脚をにじらせていた。
「なんてことしやがるんだっ」
上杉が歯噛《はが》みする音が聞こえるようだった。
「動いてはなりません」
ウィバーはつよい口調で制した。
わずかな時間のうちに五人の生命が失われた。
そのうちの一人は、夏希が憎からず思っていた北条なのだ。
夏希は全身の血が凍るような気持ちに襲われた。
喪失感で立っていられないほどだった。
そのとき、着信音が鳴り響いた。
ウィバーのスマホだった。
しばらく英語で話していたウィバーは深刻な顔つきになっていた。
特殊部隊員の銃口は、夏希たちに向けられている。

【2】二〇二〇年九月二日（水）

硝煙が風で飛び去った頃、織田はウィバーに向き直った。

「あなたはＣＩＡの機関職員ですね」

織田はつとめて冷静な声でウィバーに呼びかけた。

「かく言うあなたは？」

ウィバーは虚を突かれたように答えた。

「わたしは警察庁警備部理事官の織田と申します。階級は警視正です」

織田の言葉にウィバーはかるくあごを引いて答えた。

「国家警察の幹部職員なのですね。よろしく織田さん。ケネス・ウィバーです」

ウィバーの名乗りはあまりにも空々しく響いた。

「わたしたちは全員が日本の警察官です。銃を向けることはやめて頂きたい」

織田は日本の警察を代表するような表情で毅然《きぜん》と抗議した。

「残念ながら、そうはいきません」

ウィバーは首を横に振った。

「わたしは合衆国政府に断固抗議しますよ」

さすがに織田もはっきりと怒りをあらわした。

「あなた方は合衆国のトップシークレットを知りすぎてしまった」

「だからどうだと言うんですか」

言葉とは裏腹に、織田は顔色を変えた。

「上層部で緊急に討議されました。合衆国政府以外の第三者が、《フロウ》を作動させる暗号キーを手に入れてはならない。《ディスマス》の存在を考えると、どれほど危険かわからない。結果として、ミーナを保護して合衆国のために利用すべきとの方針が変更となったのです」

まわりくどいが、恐ろしいことをウィバーは口にしている。

「方針変更の結果、どうなるんですか？」

織田の顔も青ざめていた。

「大変恐縮ですが、世界の平和のためにここで全員死んで頂く」

ウィバーは顔色も変えなかった。

「なんて勝手なのっ」

夏希は全身の血がいっぺんに沸騰するような錯覚に襲われた。

毛穴という毛穴から怒りが噴き出しそうだった。

「なにを馬鹿なことを言い出すんですか」

織田の声も怒りに満ちていた。

「ふざけんなよ」

上杉も怒鳴った。

大国のエゴを憎むティファニーたちの気持ちがわかったような気がした。

「両脇に控える彼らは、ネイビーシールズ出身の合衆国海軍軍人です。射撃のプロですから、死に臨んであなたたちが苦しむことはありません。皆さまのご遺骸《いがい》は沖で待機している海軍舟艇がお預かりします」

ウィバーはとんでもない話を顔色も変えずに話し続けた。

いままでも何度か感じたが、この男には人間の感情がないのだろうか。

それこそ扁桃体に器質異常があるに違いない。

「なんだと！」

上杉はウィバーに飛びかかって行きたいのを懸命にこらえているように見えた。

空に上げた両手が、小きざみにぶるぶると震えている。

「あなたたちは最初から袋のネズミなのです。なぜ山下埠頭に入って来ましたか？」

「そりゃ《ディスマス》のミニバンを追いかけてきたからに決まってんだろ」

上杉は尖《とが》った声で答えた。

「では、あのミニバンはなぜ、ここへ追い込まれたのですか」

ウィバーはおもしろそうに笑った。

「道路工事……」

夏希はうめくように答えた。

「真田分析官、お話ししましたよね。あなたをご招待したときと同じ手を使いました」

「そうだったの……」

まったく気づかなかった。

姑息《こそく》な手段で、自分たちは山下埠頭に追い込まれたのだ。

「最後に言い残すことはありますか？」

ウィバーは口もとを冷酷に歪《ゆが》めて笑った。

夏希もほかの誰も口を開かなかった。

恐怖よりも怒りのほうが立ち勝っていた。

文字通りはらわたが煮えくり返る思いだった。

アリシアは目を大きく剝《む》いているが、吠《ほ》えることもなくおとなしくしている。

今回ばかりはアリシアの力も役に立ちそうになかった。

ウィバーに飛びかかっていっても、特殊部隊のアサルトライフルの餌食《えじき》になるだけだ。

夏希はウィバーに協力したことを心から後悔していた。こんなことになるくらいなら、最初からなにもしなければよかった。

小川とアリシアを呼び出したことについても、申し訳ない気持ちでいっぱいになった。彼らを危険な目に遭わせてしまったのは自分のせいなのだ。

「ちょっと待って」

いきなり、ミーナが小さく叫んだ。

「どうしました？」

ウィバーはけげんな顔でミーナを見た。

「いまここで、キー生成プログラムを作動させて暗号キーをあげようか」

ミーナは大きな取引を持ち出した。

さすがに尋常な頭脳ではない。

「ほ、ほんとうか？」

ウィバーは舌をもつれさせた。

「アメリカは《フロウ》を自由に使いたいんだろ？　暗号キーをあげるから、だから誰も殺さないでよ」

少年のような口調でミーナは提案を突きつけた。

合衆国が《フロウ》の力を手に入れてしまったら……夏希は不安を禁じ得なかった。

「わ、わかった……ちょっと上司に連絡する」

ウィバーは携帯電話を取りだして、どこかへ掛けた。

英語の会話が続いたが、なにを言っているのかはわからなかった。

「方針変更だ。合衆国政府はミーナを保護する」

電話を切ったウィバーは身を反らして宣言した。

「ほんとにキミたちはこわいよ」

ミーナは大きく身体を震わせてみせた。

「子どもが銃をこわがるのは当然だな」

ウィバーの言葉に、ミーナは首を横に振った。

「銃のことを言ってるんじゃないよ、世界支配で上に立つためには、どんなひどいことでもする。だから、こわい。キミたちには人間のこころなんてないんだ」

ミーナは痛烈な批判をウィバーにぶつけた。

「機嫌を直して、暗号キーを作ってくれないか……ミーナちゃん」

ウィバーの猫なで声は気持ちが悪かった。

「だけど、ボクが暗号キーを渡したら、これ幸いとかもめ★百合ちゃんたちへ銃を向けるんだろ？」

ミーナは挑戦的な目つきで訊《き》いた。

「そんなことはしない。約束する」

ウィバーはたじろいで答えた。

「信用できないなぁ」

せせら笑うようなミーナの声だった。

「約束すると言っているではないか」

ウィバーはいらだっている。

「君たち合衆国政府は信用できないよ。だから、期間限定のキーしかあげないよ」

ミーナは思いも寄らぬことを口にした。

「そんなサブプログラムが組み込んであるのか」

ウィバーは低くうなった。

「あたりまえだろ？　《フロウ》を手に入れて用済みになったら、キミたちだって《ディスマス》だって、ボクを始末するに決まってる。自分の身は自分で守らないとね」

かわいらしい鼻にしわを寄せてミーナは笑った。

なんとクールな娘なんだろう。

夏希は舌を巻かざるを得なかった。

「キミの鈍い頭でもわかると思うけど、《フロウ》は使っちゃいけないプログラムだ。使うぞって他国を脅すことに効果があるわけだよ。パワー・ポリティクスにおける核兵器の保有と同じことだ。ずっと保有してなきゃならない。期間限定では困るんじゃないの？」

「そ、それは……」

ウィバーは言葉を呑《の》み込んだ。

「だから、一ヶ月しか使えない暗号キーをあげる。もし、ボクや、ここにいるほかの人を殺したら、それっきりだ」

ミーナはさらりと言ってのけたが、夏希はうなり声を上げた。

なるほど、それならＣＩＡはミーナを保護し続けるしかない。

「だけど、暗号キー生成プログラムを作動させるキーワードは、ミーナちゃんの潜在意識にあるんでしょ？」

夏希は不思議に思ったことを訊いてみた。

「潜在意識なんてウソ。それも自分の身を守るため。最初から謎の言葉は顕在意識にあるの」

ミーナは夏希に甘えたように答えた。

「そうだったの」

ミーナは自分の身を守ることにたくさんの工夫を重ねていた。

そしていま、ミーナの用意周到さは、夏希たちの生命《いのち》をも守っているのだ。

ミーナはぬいぐるみを両手で抱えて胸の前に突き出した。

「このぬいぐるみはね、《テディベア　レプリカ　１９０９》でいちばんのお気にだよ。《ディスマス》に誘拐されている間、寝るときもずっと手放さなかった。なぜかって言うと、これが仕込んであったからだよ」

ぬいぐるみの背中のジッパーを開けて、ミーナはスマホのようなものを取りだした。

「この端末は小さいけどＰＣなんだ。暗号キー生成プログラムはここにあったのさ」

ウィバーは息を呑んだ。

「百合ちゃん、ちょっとベアくんを持っててくれる？」

「うん、まかせて」

夏希がぬいぐるみを受け取ると、ミーナは端末をタップし始めた。

「キーワードはぜんぜん難しくなかったんだよ。ママの生まれ故郷の名前さ。百合ちゃんならわかってると思うけど」

ミーナは楽しそうに笑った。

「ハリュ県ね！」

「そう。エストニア語の Harju maakond だよ」

明るい声で言って、ミーナは立て続けに端末をタップした。

「ほら、感じの悪いおじさん。これが今日から一ヶ月有効の暗号キーだよ」

せせら笑うように言ってミーナは端末をウィバーに向けた。

ウィバーはつんのめりそうな足取りでミーナに歩み寄ると、端末を引ったくった。

「君の英断に感謝する」

端末を受け取ったウィバーは、ふたたびどこかに電話を掛けた。

画面を見ながらかなり長い文字列を伝えている。

「これでわたしの任務は完璧《かんぺき》だ」

ウィバーは笑みを抑えることができないようだ。

夏希は不愉快で仕方なかった。

「暗号キーの効果はすぐに現れるよ」

ミーナは愉快そうに言った。

いくらも経たないうちにウィバーのスマホが鳴動した。

ウィバーは早口の英語でなにかを喋《しゃべ》り続けていた。弁解している口調にも聞こえた。

「どういうことなんだ。合衆国政府の保有する《フロウ》が破壊されたと言っているぞ」

電話を切ったウィバーは、ミーナに向かって目を剝《む》いた。

「あははは」

ミーナは愉快そうに笑った。

「いまの暗号キーはプログラムを壊すヤツなんだよ。それだけじゃないんだ。ネットからこのプログラムが入っているＰＣを自動的に探して侵入して世界中の本体プログラムを破壊するようなウィルス爆弾になっているんだ。だから、明日《あした》の朝までには世界中から《フロウ》が消滅するよ。ロシアからも中国からもね。これで世界は平和だね」

　ミーナは声を立てて笑った。

「オー・マイ・ゴッド！」

　ウィバーは地に両膝《りょうひざ》をついて頭を抱えた。

　左右に並んだ特殊部隊の隊員たちは、なにが起きたのかわからずにぽかんとしている。

「ミーナちゃん、すごい！」

　ミーナの決断は夏希を興奮させた。

　これで世界は救われたのだ。

　彼女は自分がまいた種をきちんと刈り取った。

　夏希はミーナの細い身体を思い切り抱きしめた。

　シロツメクサのような香りが鼻《び》腔《こう》をくすぐった。

「百合ちゃん、痛いよ」

　ミーナは身をよじって悲鳴を上げた。

「あなたって本当に素晴らしい子」

　身を離した夏希は、賞賛の言葉を素直に口にできた。

　たしかにミーナは、人類を危機に陥れる危険なプログラムを作り出した。

そのために、たくさんの人々が戦い傷ついた。

しかし、それはミーナの責任ではない。

プログラムの力を利用しようとする者たちの野望が生み出した悲劇だった。

「そんなことないよ。本当は《ディスマス》に誘拐されたときに、世界中のプログラムを破壊しとくべきだったんだ。退屈だったから、ティファニーたちと遊んでたのがよくなかった。そのせいで悲しいことがいっぱい起きちゃった」

ミーナの瞳《ひとみ》から涙があふれ出た。

天才であるがゆえに、合衆国や《ディスマス》に、運命をもてあそばれたミーナが痛ましかった。

うつむくミーナに、夏希はどんな言葉を掛けてよいのかわからなかった。

ミーナは顔を上げると、恥ずかしそうに言った。

「百合ちゃんが友だちになってくれると嬉しいな」

ミーナは頬を赤らめた。

「わたしも嬉しいよ」

夏希はやわらかく笑った。

「ほんと？」

ミーナの顔がパッと明るく輝いた。

「ひとつだけお願いがあるんだ」

夏希はミーナの目を真っ直《す》ぐに見つめた。

「なに？」

「あなたはこれからも素晴らしいプログラムを作り出すことでしょう。でもね、人を苦しめる不安のあるものを作らないでほしいの」

　言葉を選んで夏希は自分の気持ちを伝えようとつとめた。

　静かにミーナは首を横に振った。

「もうボクはプログラムを作らないよ。《フロウ》でわかったんだ。プログラムは作った人間の気持ちを離れて勝手にすごく怖いものになっちゃうんだって……」

　ミーナは肩をすぼめた。

「わかってくれて嬉しいよ」

　夏希はいたわるように言った。

「ボクがやりたいことは世の中にいっぱいあるんだ。勉強したいこともね」

　顔を上げたミーナの声は弾んでいた。

「そうね、あなたの頭脳ならなんでもできる」

「ありがとう、百合ちゃん」

　ミーナは小さく笑った。

「あたしは夏希といいます。真田夏希です。これからは夏希って呼んでね」

　明るい声で夏希は名乗った。

「うん、じゃあ、夏希お姉ちゃん、よろしく」

ミーナはハグしてきた。

ハグを返しながら夏希は、ミーナの頬にキスをした。

ウィバーは立ち上がって英語でなにかブツブツと言っている。

「さてと……俺からこいつにはプレゼントをくれてやる」

上杉は大股《おおまた》にウィバーに歩み寄っていった。

「おい、ＣＩＡ野郎っ」

「なんですか？」

ウィバーはけげんな顔で上杉を見た。

両足をわずかに開くと、上杉は右手の拳《こぶし》でアッパーカットを喰《く》らわした。

派手な音を立ててウィバーは背中から昏倒《こんとう》した。

特殊部隊の四人は全身に緊張を漂わせたが動かなかった。

ウィバーを守るのは彼らの任務ではないのだろう。

哀れウィバーは、コンクリートの上に伸びていた。

「みんなをとりあえず根岸分室に連れて行って休ませる」

上杉は静かな声に戻って、織田に呼びかけた。

「頼む。わたしは北条の遺体をなんとかしなければならないのでここに残る」

織田は北条の亡骸《なきがら》へと手を合わせた。

「安らかにお眠りください」

「おまえのことは忘れない」

「ゆっくりお話をしたかったです」

夏希も上杉も小川も思い思いに別れを告げた。

ミーナはエストニア語らしき言葉でなにかを唱えて、胸の前で十字を切った。

ここでの銃撃戦も合衆国政府の力でなかったことにされるのだろう。

夏希は息を呑んだ。

北条とティファニーは左手の中指に同じデザインの指輪をしている。

「昨夜話していた違和感がすっきり解けたよ」

二人の遺体に目をやって、上杉は静かに首を横に振った。

ゆっくりと口を開いて、上杉は言葉を続けた。

「北条はティファニーを愛してしまったんだな」

上杉の声はひどく悲しげだった。

「そうだな。ティファニーも北条を愛していたのかもしれない」

織田は苦しげに言葉を出した。

「俺たちのしたことは無駄だったのかな……」

「そんなことはない。世界を救う手伝いができたんだ」

「たしかにおまえの言うとおりだ」

上杉は織田の肩をぽんと叩《たた》いて、穴だらけのランクルへと踵《きびす》を返した。

「ミーナちゃん、どこかでなにか食べていこう」

夏希は明るい声で手招きした。

「うん、夏希お姉ちゃんと一緒だね」

すり寄ってきたミーナは夏希の手を握ってきた。

たくさんの悲しいできごとが起こった。

だが、ミーナを守ることはできた。

夏希はミーナのあたたかい掌《てのひら》を握りしめてランクルへと歩みを進めた。

夜空には夏の大三角形が輝いていた。

【3】　二〇二〇年十月四日（日）

悲しい事件から一ヶ月後、十月の最初の日曜日の九時過ぎだった。

夏希は羽田空港第三ターミナル五階展望デッキのカフェにいた。

「意外と近いんだね。エストニアって」

目の前にいるのは、旅支度の龍造寺ミーナだった。

トップスは淡いピスタチオグリーンのロングコットンパーカーを羽織り、ボトムスは黒いスキニーデニムだった。あらためてこんなに足の細い子なのかと驚かされた。

ミーナはお昼前の便で、エストニアに向かって旅立つ予定になっていた。

テーブルの端には銀色の大きなキャリーバッグが置いてあった。

木曜日にツィンクルでメッセージをもらった夏希は、時間がとれたので見送りに来たのだった。

春の酒匂ダムの異常放流がミーナの仕業であることは世間には一切漏れなかった。合衆国政府がすべてを闇に葬ったに違いない。日本政府が知ったとしてもそんな事実を認められるはずもないかった。

「うん、ヘルシンキまでＪＡＬで十二時間、同じＪＡＬに乗り換えて三十五分で首都タリンのタリン空港に着くんだ」

「なんだかすごく遠い国だと思ってた」

「夏希お姉ちゃんはボクと友だちになったから、今までほとんど関心のなかったエストニアも近い国だと感じるんだよ」

ミーナの言うことは心理学的にも正しい。

「向こうの学校に入るのね」

「そう、新学期にはちょっと遅れちゃうけど」

「日本の学校好きじゃなかったもんね」

「ボクはふつうじゃないからね。日本の学校には居場所がなかった」

「そうだね」

夏希の答えにミーナは目を大きく見開いた。

「そこ、夏希ちゃんが否定するとこだと思ってた」

ミーナは小首を傾げた。

「わたしだって、ふつうじゃないって言われ続けた。とくに心理学にのめり込んでたから、変なヤツで気持ち悪いって……あなたくらいの年の頃、いっぱい悩んだよ。でもさ、ふつうってなにさって思ってた」

夏希の言葉にミーナは大きくうなずいた。

「そう、ふつうって何だろ？」

「ふつうの人なんていないんだよ」

「そうかな」

「言ってみれば『ふつうの幻想』だよ。たとえば、トリックを中心としたミステリ小説とか映画やテレビは、登場人物が合理的な行動を取ることを前提としているんだ。つまり出てくる人は、犯人でさえ、ふつうじゃなきゃならないんだ」

「どういうこと？」

ミーナは身を乗り出した。

「仮にね、林の中で発見された殺人事件の被害者の家に刑事が行ったと考えてみて。玄関内側のたたきのすぐ手前に、出かける用意の調った被害者のカバンが置いてあったとする。ミーナちゃんなら被害者はどこで殺されたと推理するかな？」

「そんなの簡単すぎる。その殺された人の家のなかだよ。犯人は殺してから死体を運び出して林に捨てたんだ」

「なんでそう思うの？」

「だって出かける用意をしたカバンを玄関に置きっぱなしにして、それをまたいでドアの外に出る人なんて世の中にいるはずないもん」

「いるんだよ」

「そんなヘンな人いるわけないじゃん」

「そんなヘンな人はわたしです」

「うそ。おかしすぎる」

ミーナは笑い転げた。

「これ、わたしが高校生の頃にやったことなんだ。学校へ行く用意をしたカバンを玄関に置いて、前の晩に読んだ本のことを考えてたらカバン持つのを忘れて、そのまま学校の近くまで行っちゃったんだ。同級生に言われてはじめて気づいた」

「あり得ない……」

ミーナは笑ったまま言葉を途切れさせた。

「そんなわたしはふつうじゃないよね？　臨床心理学では過集中って言うんだけど、あることに熱中しすぎて、ほかのことに不注意になっちゃうことを指すの。決して珍しくはないんだよ」

「あ、それならわかる。プログラミングとかに熱中してると、二日くらいご飯食べなくても平気だもん」

「過集中が起きやすい人は、その反面で優れた能力を発揮できることも多いのね。だけど、ミステリには登場できない、できそこないってわけ」

「たしかにそうだね。カバンまたいで出かけるような人ばっかり出てきたら、刑事さんは困っちゃうね」

「研究者やアーティストには珍しくないんだ。これはほんの一例で、ふつうの人間なんていないんだ。幻想なんだよ」

「なんだかすっきりした気がする」

明るく笑って、ミーナはカフェラテの入ったカップを口もとに持っていった。

ひと口飲んだミーナは夏希の目をじっと見た。

「そうだ。ごめんね」

「なんのこと？」

「波龍《はりゅう》チャンネル」

ミーナは肩をすぼめた。

「あれにはまいったよ。ストレス解消に飲んだビールで、お風呂《ふろ》がいっぱいになる」

「ほんと、ごめん」

ミーナは顔の前で手を合わせた。

「もう許したけどね」

夏希は笑みを浮かべた。

「かもめ★百合ちゃんに、かまってほしかったんだよ」

「わかってる。だけど、これからは手段を選びなさい」

夏希はちょっとつよい口調でたしなめた。

「わかりました」

世界を揺るがすような発明をした天才少女は、ここにはいない気がした。

ＣＩＡ相手に啖呵《たんか》を切った豪傑少女もここにはいなかった。

目の前のミーナは、素直なひとりの少女に過ぎなかった。

人間は多様性とともに多面性も持つものなんだと、あらためて夏希は思った。

「エストニアでの暮らしは心配ないの？」

「うん、お祖母《ばあ》ちゃんの家で暮らすから」

「お祖母ちゃんいらっしゃるのね」

「ムラステって村のママの生まれた家にいまも住んでる」

「フィンランド湾に面した村なんだよね」

「よく知ってるね」

「あなたのことは、たくさん調べたからね」

「えへへ……お祖母ちゃんは六十三歳で地元の図書館に勤めてるんだ」

「お元気なのね。それなら安心ね」

「春くらいからパパも一緒に住めるかもしれない」

「そうなの！」

「とりあえずクリスマス休暇には来てくれるけど、エストニアで仕事が見つかるかもしれないって言ってた」

ミーナは歌うように言ってから、言葉を継いだ。

「そう言えば、うちのパパ、額のところにズラしたメガネをしょっちゅう捜してる。あんなのも過集中のせいかな」

「うーん、それはただのおっちょこちょいかも」

ミーナは楽しそうに笑った。

龍造寺博士も、ミーナは日本よりエストニアで育てたほうがいいと考えているのかもしれない。少なくとも日本ほどふつうを要求しないお国柄なのではないか。

ＣＩＡはいまもミーナを監視し続けているだろう。それは彼女がエストニアに行っても変わるまい。しかし、現実に彼女に気づかれるようなことはないはずだ。

だが、ミーナは自分が監視されていることも予測するはずだ。合衆国政府に危険視されるようなプログラムに手をつけたりするはずはない。

ミーナの頭脳はこれからどんな分野で発達してゆくのか。夏希には楽しみだった。

「もうそろそろ搭乗手続きしなきゃ」

「会えてうれしかったよ」

「日本に帰ってきたら、また会ってくれる？」

「あたりまえだよ。友だちなんだから」

「ありがと」

　ミーナの声は潤んだ。

　夏希はミーナの肩にやさしく手を置いた。

　ミーナは立ち上がってキャリーバッグを手にした。

「三階の出発ロビーまで送るよ」

　カフェを出たところで夏希は言った。

「いいの、ここで……見送りに来てくれてありがとう」

　かるく手を振ると、ミーナは踵《きびす》を返して足早にエスカレータへと向かった。

　なんとなくこの場で見送ったほうがいいような気がした。

　夏希は遠ざかる華奢《きゃしゃ》な後ろ姿が見えなくなるまで、その場に立っていた。

　ミーナのエストニアでの幸せを祈りながら。

　彼女はきっと素晴らしい大人になる。

　世界を明るくする人間に育つことだろう。

　そう夏希は信じていた。

　窓の外をどこの国へ行くのか銀色の旅客機が飛び立っていった。

本作品は、書き下ろしです。
本書はフィクションであり、登場する
人物・組織などすべて架空のものです。

脳《のう》科《か》学《がく》捜《そう》査《さ》官《かん》　真《さな》田《だ》夏《なつ》希《き》

エキサイティング・シルバー

鳴《なる》神《かみ》響《きよう》一《いち》

令和3年 1月25日　初版発行
令和6年 1月15日　3版発行

発行者●山下直久

発行●株式会社KADOKAWA
〒102-8177　東京都千代田区富士見2-13-3
電話　0570-002-301(ナビダイヤル)

角川文庫 22505

印刷所●株式会社KADOKAWA
製本所●株式会社KADOKAWA

表紙画●和田三造

●お問い合わせ
https://www.kadokawa.co.jp/（「お問い合わせ」へお進みください）
※内容によっては、お答えできない場合があります。
※サポートは日本国内のみとさせていただきます。
※Japanese text only

ISBN 978-4-04-110900-7　C0193

◆◇◇

角川文庫発刊に際して

角川源義

第二次世界大戦の敗北は、軍事力の敗北であった以上に、私たちの若い文化力の敗退であった。私たちの文化が戦争に対して如何に無力であり、単なるあだ花に過ぎなかったかを、私たちは身を以て体験し痛感した。西洋近代文化の摂取にとって、明治以後八十年の歳月は決して短かすぎたとは言えない。にもかかわらず、近代文化の伝統を確立し、自由な批判と柔軟な良識に富む文化層として自らを形成することに私たちは失敗して来た。そしてこれは、各層への文化の普及滲透を任務とする出版人の責任でもあった。

一九四五年以来、私たちは再び振出しに戻り、第一歩から踏み出すことを余儀なくされた。これは大きな不幸ではあるが、反面、これまでの混沌・未熟・歪曲の中にあった我が国の文化に秩序と確たる基礎を齎らすためには絶好の機会でもある。角川書店は、このような祖国の文化的危機にあたり、微力をも顧みず再建の礎石たるべき抱負と決意とをもって出発したが、ここに創立以来の念願を果すべく角川文庫を発刊する。これまで刊行されたあらゆる全集叢書文庫類の長所と短所とを検討し、古今東西の不朽の典籍を、良心的編集のもとに、廉価に、そして書架にふさわしい美本として、多くのひとびとに提供しようとする。しかし私たちは徒らに百科全書的な知識のジレッタントを作ることを目的とせず、あくまで祖国の文化に秩序と再建への道を示し、この文庫を角川書店の栄ある事業として、今後永久に継続発展せしめ、学芸と教養との殿堂として大成せんことを期したい。多くの読書子の愛情ある忠言と支持とによって、この希望と抱負とを完遂せしめられんことを願う。

一九四九年五月三日